Camouflage 偽裝

松井玲奈

Rena Matsui

偽裝 目次

五顏六色的彈珠畫著圓形軌道落入容器。噹啷噹啷噹啷，叩咚。又一顆。

彈珠愈多，圓形變得愈大。我佇立在容器裡，看著逐漸擴大的彈珠海。這是什麼？為什麼在這裡？在朦朧的知覺中，連自身是否真實存在都極度模糊。唯一確定的只有一件事，就是彈珠源源不絕從頭上落下。

我現在經常做這種夢。

我喜歡包包比平常重的日子。除了午餐吃的便當，還多帶另外兩個便當出門的日子。這兩個便當是晚上和他一起吃的。

見面的日子，我會比平常更早起床準備便當。如果只有自己要吃，用昨天的剩菜就夠。實際上，今天中午的便當是昨天晚餐吃剩的飯菜。薑燒豬肉與什錦炊飯。

站在廚房沒多久，身穿制服長褲加白襯衫的弟弟起床了。他張大嘴打呵欠，用手指努力梳理不知道怎麼睡才翹得這麼另類的頭髮。不得已，我拿毛巾用熱水沾溼，稍微擰乾之後遞給他。

「拿去，用這個整理頭髮吧。」

弟弟簡短道謝之後，將毛巾放在頭上，看起來像是泡溫泉的猴子，真可愛。暖和到呼氣放鬆的樣子很適合他。

「早餐怎麼辦？」

「唔～～我隨便弄個生蛋拌飯吃吧。」

「收到。」

晚上的便當要裝滿放涼也好吃的食物，這是我的原則。此外，不使用冷凍食品。

今天的菜色是蛋包飯。雖然覺得很費工，但他之前說過想吃蛋包飯。要做雞肉炒飯？番茄炒飯？還是奶油炒飯？主餐米飯的調味會讓印象大不相同，所以我問他想吃哪一種，但他只說「都好，我想吃妳做的蛋包飯」。

接下來累死我也。為了知道怎樣的蛋包飯才好吃，我這幾天的午餐便當都是蛋包飯。

經過再三研究得知，冷掉也好吃的是加了番茄醬的雞肉炒飯。做成便當帶著走的時候，加在蛋包上的番茄醬可能會走樣。若是裡面的飯預先以番茄醬調味，就成為從哪裡吃都吃得到雞蛋與番茄醬滋味的美味蛋包飯。

在調理盆打三顆蛋攪拌的時候，弟弟對我開口。

「姊，妳在做便當？」

明明接下來是最關鍵的時刻……「是啊。」我頭也不回，只開口回應弟弟。

「怎麼回事，是做給男友吃的？」

「關你屁事。」

「我知道喔。姊姊早起的日子，就是要和男友見面的日子。」

原本要慢慢倒的蛋汁，變成一股腦兒沖進平底鍋。

「等一下！都是你亂說話，害我嚇一跳了啦！」

轉頭一看，弟弟笑嘻嘻看向這裡。

「比平常晚回家的日子，也會跟爸媽說要和朋友聚餐對吧？放心放心，我不會說出去的。」

那張笑嘻嘻的表情令我火大。「讓青春期特有的青春痘煩死你吧！」我在內心這麼咒罵。

「再不吃飯，你晨練會遲到吧？」

弟弟像是想起來般看向時鐘，大喊「慘了！」開始拿碗盛飯。

「等等幫你收拾，相對的，這件事你要保密喔。」

在白飯打蛋攪拌的弟弟頻頻點頭，然後將飯扒進肚子。這副模樣看起來真的依然像個孩子，令我會心一笑。

我將番茄醬口味的雞肉炒飯放到蛋皮上包起來。成品是漂亮的橢圓形，我自己都覺得做得很好。使用的是小型平底鍋，所以剛好裝得進便當盒。搭配馬鈴薯沙拉、涼拌紅蘿蔔絲與青花椰菜就完成了。

扒完整碗生蛋拌飯的弟弟，探頭看了便當盒一眼。「好像很好吃。」他輕聲說。

「好了啦，你再不趕快出門要遲到了！」

雖然嘴裡這麼說，不過聽到成品獲得稱讚，我還是暗自鬆了口氣。

午休時間，照例和同事詩織在餐廳吃午餐。她端著托盤來到我預先占好的座位。她總是吃每日特餐。今天是豬排咖哩飯。大概因為這樣，所以整間餐廳都是咖哩味。

「今天明明不是吃豬排咖哩飯的心情，運氣好差。」

「那妳別吃每日特餐不就好了？」

「別這樣啦～～」

詩織雖然透露不滿，卻一臉不甚抗拒的樣子，將咖哩送入口中。依照她的說法，一個人住可以在喜歡的時候吃自己喜歡吃的東西，所以只要點每日特餐，就能回想起明明不想吃卻不得不吃的老家餐桌。這是令人似懂非懂的堅持。

我聽著詩織「好好吃喔～～」的聲音，打開便當蓋，合掌說聲「我開動了」吃起自己的便當。薑燒豬肉的味道撲鼻而來，令我想起昨天的餐桌。豬肉失去水分，表面浮現白色點狀的豬油。嚼了好幾口才終於帶出肉汁，滲出豬肉的味道。

明明不想吃卻不得不吃嗎……今晚的便當是他指定的菜色。他想吃的東西就是我想吃的東西。自己的這份情感令我有點開心。

「怎麼啦，瞧妳笑成這樣。」

「咦？」

「妳一臉笑咪咪的。看來是在想男友？」

「不是啦～～」

「一定是。好好喔～～真羨慕妳。」

啊啊，糟糕，踩到地雷了。詩織以湯匙輕敲盤子攪拌咖哩飯。原本界線分明的白飯與咖哩醬混在一起，逐漸弄髒盤子。

「真羨慕亞希子，看起來好幸福。哪像我，上次又被爽約。」

詩織眉頭深鎖，明顯露出不高興的表情。

「詩織，別講得太大聲比較好吧？」

我低聲提醒。「可是……」她豪邁咬下豬排，發出酥脆的聲音。

「妳想想，隔牆有耳。對吧？」

「是沒錯啦，不過又不是公司裡的人，所以沒關係吧？」

「哎，話是這麼說……」

我的主張被輕易粉碎。我吃著什錦炊飯，暫時放棄開口。腦中浮現最近常做的那個夢。彈珠從天而降的夢。在腦中噹瑯噹瑯吵死了。

「他說兒子發燒，老婆不知道該怎麼辦，所以必須趕快回去。上次是老婆和朋友出門，所以必須照顧兒子。我從一開始就知道他在家裡的地位不如老婆，也接受這個狀況，不過只要牽扯到兒子就更淒慘了。」

「他在太太面前抬不起頭耶。」

她清楚聽到我脫口而出的呢喃。

「三句不離老婆，完全是老婆當家，卻膽敢搞外遇，真搞不懂他的精神狀況對吧？」

詩織愈講愈大聲。「噓～～」我在嘴巴前面豎起食指提醒她。

「不可以講這種話。」

詩織一副賭氣的樣子。我像是要安撫般，盡量以溫柔的語氣對她這麼說。她的右手緊握沾滿咖哩的湯匙，我輕輕將左手疊上去。

「這會影響到妳的形象吧？這樣不好喔。」

她微微點頭，說聲「對不起」。在熱鬧餐廳垂頭喪氣的模樣，看得出戀愛女孩的影子。

我們才二十四歲。即使自以為成年，依然被人生的前輩們當成孩子看待，就是這麼微妙的年齡。

雖然不知道少女與女性的明確界線在哪裡，但我們肯定還在這條縫隙裡。

午休即將結束，我在辦公桌前稍做休息時，桌上的手機震動了。畫面顯示的「H」這個字使我滿心歡喜，立刻打開收件匣。吃便當時腦中的彈珠噪音，好像已經回到夢境裡了。

『今天的晚餐是什麼？』

『敬請期待到晚上吧。』

『保密是吧，總是很謝謝妳。我很期待。』

『也期待今晚見到你。』

『我也是。』

光是這段簡短的互動，內心就樂不可支。這兩週，我每天都期待著這一天的到來。期待過度，反而希望夜晚不要到來。

我打開林田先生寄的電子郵件，以手指確認電子郵件畫面與房門上的號碼。在房間前面以手指梳理頭髮，離開公司前噴的香水散發陣陣香氣。

明明在短短幾小時前都在公司裡見面，我卻仔細檢查儀容，擔心今天的自己會不會很怪。利用手機畫面的反射，確定脣膏沒有畫歪。雙脣水潤，沒有問題。讓自己變得可愛所需的努力，我全部做過了。

我克制急躁的心情，緩緩按下門鈴。脫線的叮咚聲另一頭，傳來匆忙的腳步聲。

開門迎接的林田先生身穿襯衫，領帶已經取下，嘴裡含著牙刷。

「晚安。」

就像是要回應我的問候，他輕拍我的頭，笑著牽起我的手，邀我進房。

放下隨身物品時，背後洋溢著滿懷期待的氣息。我故意像是吊胃口般慢慢整理物品，假裝在整理服裝儀容。

大概是按捺不住，林田先生突然像是嬉鬧般抱過來。我的全身一瞬間被林田先生的體味與體溫籠罩，幸福的感覺逐漸從身體底層湧現。

喜悅與嬌羞相互抗衡，在天秤的嬌羞這一端降下時，我再也忍不住而開口。

「要等你刷完牙喔。」

林田先生含著牙刷出聲答應，然後進入浴室。

我帶來的提包與托特包裡，放著兩人份的便當。

他會為這份蛋包飯開心嗎？

我將飯店特有的乾燥空氣與獨特的皂香味深深吸入體內，讓自己幾乎聽得到跳動聲的心臟平靜下來之後，隱約聞到林田先生的餘味。

在林田先生回來之前，為了處理這種靜不下心的感覺，我拿著托特包坐在床邊的沙發。柔軟到像是身體會下陷的沙發，令我想將自己的一切交付出去。

他回來之後，露出只會讓我看見的滿面笑容，張開雙手。我緩緩起身，投入他的懷抱。再度被林田先生的味道籠罩。我將鼻頭抵在他的胸膛吸氣。隱約的香水味與他自身的體味令我意識朦朧。

「謝謝妳來。」

他毫不猶豫吻向我的額頭。

「餓了？」

我在林田先生的懷裡抬頭看他。從下方看不清他完整的表情。

「當然。」

「今天啊……」

我做了你說過想吃的東西……我實在不好意思這麼說，所以想以笑容帶過。林田先生記得自己說過的話嗎？該不會是心血來潮隨口說的吧？當我這麼想，不安的感覺就席捲而來。

「今天是什麼？」

「是你說過想吃的料理。」

林田先生似乎在腦中反芻我這句話。停頓片刻之後，他露出燦爛的笑容，再度緊抱我。

「妳特地為我做了？」

「嗯。因為你說想吃。」

無數的吻落在我的臉頰，取代道謝的話語。我倆肌膚緊貼，稍微變長的鬍子刺著我的臉頰，覺得酥癢的我笑著在他懷裡扭動想要掙脫。

「希望合你的口味。」

臉頰殘留鬍子觸感的我離開他，從托特包取出兩個便當。

紅藍佩斯里花紋的布巾裹著兩個大小不同的便當盒，擺在豪華飯店的黑色桌子上，看起來頗為不搭又超脫現實。

高樓大廈在窗外林立。拉上的窗簾另一側，無數窗戶點亮燈光，地面車水馬龍，將人們載往指定的場所。

我們坐在沙發上，一起看著便當，相視而笑。只要這樣就好。比起再豪華的晚餐，兩人窩在這個不相稱的空間一起享用的便當才是一等一的美食。

林田先生從各種角度觀察便當。我原本要提醒他便當會涼掉，最後還是沒說出口。這裡不是擺放熱騰騰飯菜的餐桌，是飯店的某間客房。我帶來的便當從一開始就是涼的。

他笑盈盈拿著便當的側臉看起來好開心，憐愛的情感湧上心頭。我再度體認到自己喜歡他。喜歡他的手，他的指尖，甚至是他剪短修齊的指甲。其實好想將這一瞬間拍成照片。

「這就是小希做的蛋包飯啊……」

林田先生規矩合掌說聲「我要開動了」，舀起一匙蛋包飯。

用了三顆蛋還加牛奶的蛋皮很厚實，塑膠湯匙舀下去的時候傳來戳破厚膜的彈力。接著將蛋皮連同炒飯舀起來。蛋皮的黃色與雞肉炒飯偏紅的橙色，是這個房間裡最鮮豔的色彩。

舀一口的大小令我感覺他果然是個大男生。

「怎麼樣……？」

「嗯，好吃喔，超好吃。」

看到他滿臉笑容，我鬆了口氣，自己也舀一口試吃。即使放涼，奶油的風味也穿過鼻腔帶來美味。蛋汁加入牛奶是對的。多虧這道程序，蓬鬆的口感在嘴裡演出特別感。

「謝謝妳總是帶吃的過來。」

「完全沒關係喔。我只是想和你一起吃。」

「不過，這得先帶到公司吧？不會成為累贅嗎？」

「這種程度算不了什麼。」

他回應「那就好」，又舀了一大口蛋包飯。

「我平常吃的蛋包飯啊，總是只鋪一層薄薄的蛋皮，所以這種軟綿綿的蛋皮吃起來好新奇。」

「是嗎？」

「嗯。雞肉炒飯的番茄醬味道有種安心的感覺對吧？像是週六下午那樣。」

「林田先生放假的時候，家裡常吃蛋包飯嗎？」

「是啊，最近假日經常是蛋包飯。」

「最近……我啊，小時候放假時經常吃炒麵。到了中午就聞到醬汁味。現在也是，只要聞到醬汁味，就覺得是假日的中午。」

記憶與味道的這種連結很神奇。一下子就被帶到那個時代或那一瞬間，會覺得懷念或是很好吃之類的。蛋包飯在林田先生心中是假日的味道，我第一次知道這件事。不知道我做的蛋包飯味道是否也會留在他的記憶裡。

「那麼，今天別做蛋包飯不是比較好嗎？」

「咦？為什麼？」

「因為你假日的時候常吃。」

「不用在意這種事沒關係的。吃得到小希的蛋包飯，我開心死了。而且超好吃的。」

回過神來一看，蛋包飯一下子就吃掉一半。

「這樣啊。那就好。」

我揚起嘴角朝他一笑。直到剛才連自己都覺得好吃的蛋包飯，現在卻令我胃燒心。大概是因為涼掉的奶油與番茄醬吧。

回家之後，將三個空便當盒泡進放滿水的洗碗盆。隨便倒入一些洗碗精，靜靜看著洗碗精在水裡變成條狀晃動。

做夢般的時光轉眼即逝。明明最清楚自己多麼期待今天的到來，一旦開始之後卻瞬間結束，一點都不盡興。總是留下傷痕回來。

便當盒沾到番茄醬的橙色沖得乾淨嗎？但願別留下色斑。

我將食指插進洗碗盆攪拌，雖然沒起泡，卻感覺水慢慢變滑。接著在海綿擠上洗碗精，拿出一個便當盒。起泡的海綿刷洗林田先生吃過的這個便當盒，泡泡染上淺淺的橙色。

廚房只有流理臺的燈開著，我獨自站在這裡。不禁覺得就像是聚光燈。黑暗之中，只有這裡射入光線。但我不是主角，也無法成為林田先生的女主角。在他的人生之中，我站在哪個位置？我的名字填在哪個配角的欄位？

橙色輕易沖得乾乾淨淨。我自己的便當盒也一樣。一點都不必擔心。響起塑膠材質的摩擦聲，彷彿從一開始就不曾髒過。

像這樣站在流理臺前避免吵醒家人的光景，今後還能上演多少次？將洗好的便當盒收進餐具櫃深處時，覺得或許再也不會用到便當盒的自己，以及希望下次早點到來的自己在內心交戰。真希望有人從背後踹我一腳罵我蠢。

在那之後，彈珠出現在我的夢中好幾次。畫著圓形軌道滾動，然後落下。滾動，然後落下。累積在容器裡的彈珠愈來愈多，夢裡的我差點被壓扁。大概因為會做這種夢，最近睡得很淺。中午的時候睡意會突然襲擊，使我不禁打盹。

「跟妳說喔，林田先生今天也乖乖吃女友做的便當。」

我的睡意如同被這句話彈到九霄雲外。面前是詩織，每日特餐的炸蝦塞滿她的右臉頰。

堆成小山的高麗菜絲旁邊擺著兩條小小的炸蝦，一旁搭配異常多汁的番茄。

「每天都在自己的辦公桌前面合起雙手說『我開動了』。這種小動作莫名可愛對吧？」

「妳每天都確認？」

「因為，離我的桌子很近啊。來餐廳的時候都會經過，然後今天啊，我跟他說話了。」

我一口喝光紙杯裡的水。

「我問『這是女友做的便當嗎』，然後他害羞回答『沒錯』。啊～～林田先生的女友應該很幸福吧。」

「是啊。因為林田先生人很好。」

「對吧！」詩織大聲說。幾個坐在她背後的人轉頭看向這邊，所以我今天也得在嘴巴前面豎起食指。

詩織終究察覺講得太大聲，轉過身去輕聲低頭道歉。

「便當大概長什麼樣子？」

「我想想，有什麼呢？我沒看得很清楚……大概有可樂餅與熱狗之類的。」

「是喔……」

我夾起自己便當裡的拔絲地瓜。以蜂蜜包覆的表面晶瑩閃亮，黃色看起來好鮮豔。

「就我看來，那應該是冷凍食品。」

「咦，是嗎？」

「應該是。」詩織壓低聲音說。「因為那個可樂餅，是我也愛吃的市售冷凍可樂餅。雖然是女友親手做的便當，但內容物是市售冷凍貨。就算這樣，他還是很幸福般笑著說『我開動了』喔。天啊～～我好羨慕。」

「應該是每天做便當給他帶來公司的這份體貼，讓他覺得開心吧？」

「我也好想那樣喔～～哎，辦不到就是了。」

詩織發出悅耳的聲音咬斷炸蝦。麵衣的酥脆聲聽起來好舒服。

「唔～～炸的東西果然要現炸才好吃。」

「……詩織，妳是怎麼和他吃飯的？」

「啊？就很正常上館子，不然就是他來家裡吧。」

「家裡嗎……」

「怎麼啦？想叫男友到妳家？」

「不，並不是這樣……」

「妳住爸媽家，應該有點難吧？」詩織說。林田先生有可能來我家嗎？這個問題太沒意義，我想都沒想過。

配合林田先生回來的時間準備晚餐。聽到門鈴響起，我就這麼穿著圍裙，踩著拖鞋前往玄關。開門一看，他站在門外說「我回來了」……我可以想像到這種程度，但是不知為何，我不太認為這是幸福的光景。

「不過，差不多可以介紹給家裡了吧？妳和男友處得很好吧？」

「是沒錯啦……但我爸媽管得很嚴，所以過一陣子再說吧。」

「啊，亞希子，這麼說來，妳男友是怎樣的人？我沒見過耶。」

我驚了一下。這個問題至今聽過好多次。詩織以充滿好奇心的雙眼看我。

「他不喜歡拍照，所以沒照片給妳看。」

「妳之前也這麼說，但至少有一張吧？下次偷拍一張給我看啦，好嗎？」

我沒把自己和林田先生的關係告訴詩織，只說有個兩情相悅的對象。詩織以為這個人是我的男友。

聽詩織說她在搞外遇的時候，我覺得自己聽她訴苦之後無論怎麼回應，最後都會反噬到我身上，所以我好怕。為了自己沒能成為某人最重要的人而煩惱簡直毫無意義。我就像是被迫面對這個血淋淋的事實。

我和他的合照只有三張拍立得。他不喜歡在手機留下自己的照片，所以我從家裡帶拍立得相機過去。只要按下快門，就會立刻印出照片。這樣就沒關係吧？拜託啦。在我如此央求之下，才拍到僅此三張的回憶。

「拜託啦。不是手機就沒問題吧？」

「可是，留下照片實在是……」

「只有我會看。只要有這些照片，我寂寞的時候也能看見你。拜託啦。」

雖然剛開始不情不願，不過「寂寞的時候」這段話似乎打動他的心。

「總是讓妳寂寞，對不起。」

他輕捏我的臉頰，然後簡短回應「拍吧」。

真的拿起相機自拍合照的時候，林田先生主動鬧我。又是把臉湊過來，又是親我的臉頰，簡直是高中生拍大頭貼。即使我說這樣拍照會手震，他也沒收手。

最後一張是他的獨照。這是我最喜歡的照片。林田先生向我露出的笑容，是在公司裡看不到，只有兩人相處時看得到的特別笑容。能將這一瞬間裁切下來帶走，我好開心。感覺像是將他封鎖在照片裡獨占。

林田先生知道的話肯定會生氣，但我把這張拍立得夾在記事本隨身攜帶。雖然隨時注意避免遺失，不過實際上，內心的某個自己也希望哪天掉在公司某處被人發現。

和林田先生的關係。無名的兩人關係。

「我們是什麼樣的關係呢？」

明明只要一口氣發問，應該立刻就能得到答案，我卻怕得不敢問。

每天在公司見面的上司與部下。

在假日不曾見面的熟人。

在飯店見面的時候，又是什麼呢？

如果將這樣的關係告訴別人，別人應該會回答這是外遇，是一夜情。我聽到別人這麼說並不會難過。不過，如果是林田先生說出這種話……我光想就頭昏眼花。只不過是我湊巧慢了一步。如果再早一點，再早一點點認識的話，我想我和林田先生將會處於正當的關係。

「我們是什麼樣的關係呢？」

在床上假寐的時間。撫摸他背部的我問了這個問題。一說出口，意識就突然變得清晰，悔意席捲而來。

「對不起，剛才的忘掉吧。」

我迅速說完，緊緊抱住他的背。林田先生的背好溫暖，感覺自己的身體會如同加熱的巧克力，從接觸他的部位開始融化。

「要忘掉？」

林田先生轉向這裡時，臉孔比平常乏味，大概因為取下眼鏡吧。五官清秀，我也喜歡這種不起眼的感覺。不過，現在我害怕和他視線相對。

他解開我環抱的雙臂，在床上好好面對面抱緊我。這次我可以將臉埋在他的胸膛。他的心臟跳得很慢。

「小希和我的關係嗎……」

林田先生的下巴碰觸我的頭。來自上方的聲音帶著睡意，音調變得悅耳。

我戰戰兢兢從他的胸膛抬頭窺視，和他溫柔看著我的視線相交。

「我想想……不會害妳受傷嗎？」

我咬緊嘴唇，無法點頭也無法搖頭。林田先生朝我額頭一吻，吐出長長的一口氣。

「這個嘛，要命名有點難。我覺得我們的關係挺複雜的。」

他閉上雙眼。

「不過，我希望是戀人關係。」

「咦？」

我忍不住出聲。「戀人」這兩個字在腦海反覆無數次。

戀人。我是林田先生的戀人嗎？

「當成戀人關係……可以嗎？」

「小希不願意？」

我用力搖頭。這是我最想要的話語。能讓我安心，彷彿護身符的話語。聽林田先生親口說出這兩個字，我鼻頭一酸。

「搖得這麼用力，腦袋會脫落喔。」

林田先生笑著說，溫柔撫摸我的頸子。被他撫摸的部位這次沒融化，而是如同會洋溢幸福。包括雙腿，包括肚子，全身都洋溢幸福。

「小希是我的戀人。非常寶貝的戀人。」

「可是……」

「對，還有『可是』。」

以「戀人」這兩個字相繫，再從「可是」這兩個字察覺。這一切令我又愛又恨。明明如此理解彼此，為什麼沒能確實成形？一旦走出這間飯店客房，我們就不再是戀人，是普通的上司與部下。現在的我們不去正視這個事實，在這個四方形房間的四方形床上，進行綁手綁腳的戀人家家酒。

只有床單上的皺褶，使我們的這層關係在一瞬間成真。

我原本打定主意，絕對不會和有女友的男性交往。覺得這是骯髒、不純、匪夷所思的事。然而一旦踏入，就發現比自己想像的簡單許多。就像是輕盈跳過小水窪。只不過，這個水窪明明在去程可以輕易跳過，轉身一看卻會變成遼闊的湖泊。我沒察覺這一點。

「剛開始啊，我不知道他有老婆。明明覺得處得不錯，或許可以交往看看。而且啊，他是在上床之後才說的。是不是很奸詐？」

是在交往前還是交往後上床？是誰主動？感覺這也是一大問題，但現在討論的不是這個，是詩織的男友何時坦白自己已婚。

「這樣很奸詐。妳當時生氣了嗎？」

「那當然。講的順序很奇怪吧？我這麼說，然後用枕頭揍了他一頓。」

這很像她的作風，明明是嚴肅話題，我卻差點笑出來。

這段對話也已經是很久以前的事了。季節更迭一輪，我不經意回想起來，在今天這個氣溫的某一天，她在咖啡廳對我說了這件事。

「他說老婆回娘家待產的這段期間很寂寞，但也確實很喜歡我。」

「所以？」

「所以什麼？」

詩織一臉詫異反問。我沒看過的耳環在她的耳際發亮。

「詩織，妳和那個人有什麼打算？」

「什麼打算……」

她低下頭，像是內疚般忸忸怩怩。看起來像是自己的惡作劇遭到大人責備而鬧彆扭的孩子。

這幾個月，我就覺得她突然增加女人味。明明晚上經常一起吃飯，但次數自然減少。所以我已經做好心理準備，卻沒料到居然是外遇。

「我想繼續維持這個關係。」

「……這樣啊。」

「咦？只講這些？」

睜大的雙眼看向這裡，像是在質疑我應該還想說些什麼。

「既然是妳的選擇，我覺得這樣就好，而且這是你們兩人的問題吧？」

我稱讚那對耳環很適合她，她隨即愛憐般觸摸耳朵靦腆一笑。笑到瞇細的雙眼以及從薄薄雙脣露出的貝齒莫名洋溢著幸福感。

我沒權利說些什麼。因為在這個時候，我已經和林田先生建立起這種關係，所以深刻理解她現在的心情。

「不過，陷得太深不是好事，適可而止喔。」

「我知道啦。雖然喜歡他，可是他老婆就快生完小孩回來了，到時候我沒勝算。所以，我是稍微抱著玩火的心態和他交往。」

「妳對他這麼說過嗎？」

「哪說得出口啦～～」

詩織漏出自虐的笑。我覺得像是看見我自己，所以跟著笑了。

「啊～～啊，要是我也懷了寶寶該有多好。」

詩織伸直雙臂說。這個姿勢和時尚咖啡廳的裝潢一點都不搭。從她向後仰的模樣感受到些許魅力，大概是因為她身為女性獲得不少滋潤吧。

「妳在說什麼啦～～」

「因為很奸詐吧？要是我也有了孩子，即使法律上不是婚姻關係，事實上也和他老婆站在相同的起跑點吧？這樣我就覺得自己也有機會。站在相同的起跑點不是會有種安心感嗎？」

但他不選妳的話怎麼辦？我問不出這個問題。詩織自己說是玩火，但她說話的樣子真的是在做一場美夢，如同想抓住高空垂下的一條細長蜘蛛絲。而且，我也正想要抓住同類型的一條細線。

公司的辦公樓層，辦公桌是兩兩相對並排，總共排成三列。詩織的座位和我的座位隔了一列，再過去是林田先生的座位。從辦公桌縫隙可以窺見他的身影。默默默面對電腦螢幕的樣子。我喜歡他稍微駝背，不時扶正眼鏡的動作。

在工作的空檔偷看他。我們在公司裡只有這種程度的交集。刻意避免產生更多的交集。

之所以想到和詩織的那段對話，是因為她在自己座位伸懶腰，上半身往後仰之後看向這裡。她平坦的肚子最近好像隆起了，但我把這件事藏在心底。

如果我懷了林田先生的孩子，他會說什麼呢？居然讓外遇對象懷孕，會被世間貼上「爛男人」的標籤。不對，在外遇的時間點就已經貼了。而且我也是。

他今天應該也會一如往常，到了中午就從包包取出女友做的便當，合掌之後開始享用吧。不知道下次什麼時候會吃我做的便當。

我在出入口附近的影印機等資料印完，心不在焉發呆的時候，和走進辦公室的林田先生視線相對。一瞬間，我差點想對他微笑，卻忍下來改成點頭致意。我們在公司裡頂多只進行這樣的交流。

今天他的便當也是冷凍食品嗎？只要從冷凍庫拿出來，以微波爐加熱就好。他開心吃著速成便當。如同吃著我親手做的便當。

再怎麼精心製作，即使沒花心思製作，或許都一樣。

林田先生是連速成便當都寬容接受的男性。即使我在便當放入冷凍食品，他應該也不會多說什麼。肯定會一如往常謝謝我做便當，掛著笑容吃得津津有味。
想為他盡心盡力的這種行為，我開始覺得只是自我滿足。藉由做便當維持至今的自身立場，好像發出聲音逐漸崩毀。
口袋裡的手機在震動。從震動方式立刻就知道是誰聯絡我。
『這週四好嗎？』
我連日曆都沒看就立刻回訊。
『當然。』

又做了一樣的夢。彈珠從天而降的夢。容器已經裝不下彈珠。
「妳很累？」
低沉的聲音從上方傳來。共處時幾乎不碰手機的林田先生難得看起手機，我隨即鬧彆扭想要裝睡，但我好像真的睡著了。用不著現在看手機吧？不願回想的情感刺痛我的心。
「沒有。」
從細肩帶襯衣露出的手臂冒出些許雞皮疙瘩。我摸著手臂靜靜起身，抓起掛在椅子的連身裙套上。林田先生不時瞥過來確認我的狀況，但是手機不離手。

「工作嗎?」

「……一陣子沒看LINE,就收到好多簡訊。」

我簡短回應「是喔」,熟練從小巧的立方體冰箱拿出水。為什麼高級飯店不準備軟水?如此心想的我打開內容物是硬水的寶特瓶,從抽屜取出透明玻璃杯倒水。

「要喝嗎?」

「嗯。我渴了。」

燈光陰暗,充滿乾燥空氣,毫無生活感的飯店。待在這個方形房間時確實存在的關係,一旦走到隔著一扇門的另一側,立刻變得像是透明的水。

我心不在焉注視玻璃杯的水。明明裝入容器就看得見另一側,要是打翻就無從挽救,會成為大片水漬逐漸擴散。不過只要在別人發現之前擦掉,應該會變成沒發生過吧。擦水的毛巾也只要晾一晾就乾了。

剛開始的時候,我的心意裝滿整個杯子,不過待在這個乾燥的房間,我覺得自己的情感也正逐漸蒸發。

我將玻璃杯放在桌上,一起坐在林田先生所坐的柔軟沙發。他說聲謝謝,然後仰頭將水一飲而盡。我也慢慢含了一口水。滲到口腔各處的水分瞬間被吸入喉頭,只留下少許水氣。

「妳很累？」

傳來和剛才一樣的問題。

「沒那回事喔。剛才好像是閉著眼睛就睡著了。」

「妳和我在一起的時候很少睡，我才會這麼問。」

「唔～～大概是因為最近忙吧。不過你每次做完好像都很睏。」

我瞥向林田先生，他隨即察覺我在挖苦，輕聲一笑。明明在公司裡視線相對的時候也不會這樣笑。

與其說林田先生會這樣，在這種狀況不如說男人都是這樣，但他之所以沒真的睡著，應該是想要保護我吧。

「你今天醒著，真難得。」

每次完事之後，林田先生總是往來於夢境與現實之間，拚命想將意識留在這個世界。看起來很像三歲侄子明明很睏卻想玩，拿著玩具結巴說話的樣子。明明老大不小了，這副模樣有趣到令我會心一笑。

「手機亮了，我才會醒來。」

「我好像沒察覺。」

這句話沒說得太刺耳吧？我如同要掩飾慌張的內心，又含了一口水。

我真的沒察覺。但是我知道。知道林田先生的手機亮了，也知道自己敵不過手機另一端的人。肯定是和我小睡的時候看見手機發光才連忙醒來。林田先生疼愛的女友，肯定位於他依然拿在手上的手機另一端。

我試著深吸一口氣。乾燥的空氣進入體內，接下來慢慢、細細地吐氣。看來一旦乾掉，再怎麼吸都不會溼回來。我假裝不在意林田先生的手機，輕輕碰觸他的手，試著說明剛才做的夢。

「我站在大大的玻璃容器裡，彈珠從天而降。你知道『PythagoraSwitch』嗎？」

「NHK播的那個？」

「嗯，就是那個。感覺像是那個節目的機關裝置，彈珠在圓形的軌道滾動，落到下方的容器。神奇的是隨著彈珠掉落，軌道的圓就捲著漩渦逐漸變大，像是龍捲風那樣。速度變快，聲音變大，掉落的力道也變強。彈珠累積愈多，我的容身之處就愈小，腳沒地方踩，想躲避掉落的彈珠也很難。我以為會被彈珠壓扁死掉，所以很害怕。最近我總是做這個夢。」

我感覺林田先生的注意力往來於我與手機之間，同時以緩慢的節奏說明。他偶爾像是回想起來般出聲應和。手指在手機畫面滑動，喉頭發出吞嚥聲。

「不知道夢見彈珠是什麼意思。」

我從並肩而坐的沙發起身，拿出包包裡的手機，然後在網路搜尋的欄位輸入「解夢　彈珠」。

彈珠似乎是責任的象徵，依照狀況有著不同的意義。會出現在工作或家庭關係等各種場合，不過「希望成為別人不可或缺的存在，得到疼愛或歡迎」這段文字吸引我的目光。我不禁笑了。

「怎麼了？是奇怪的意思嗎？」

林田先生將手機朝下放在桌上，毫不猶豫看向我的手機畫面。

「說是責任的象徵，也反應內心想嘗試各種事物的慾望。或許是最近剛好學會新的工作，所以甚至出現在夢裡了。真討厭。」

「因為妳在某方面太努力了。別把自己逼得那麼緊喔。」

林田先生伸手抓亂我的頭髮，就這麼把我拉過去，以鼻尖碰觸我的頭。房內只響起緩慢呼吸的聲音。這大概是補償吧。

拂過頭頂的氣息好癢，我笑著這麼說，想鑽出他的懷抱，但他比我想像得抱得更緊，所以我立刻放棄抵抗。

「小希真的好努力。再忙也不會說喪氣話，我也知道妳會隨手幫別人的忙。妳可以再疼愛自己一點。在妳努力的時候，我好想陪在妳身旁。」

在我腦中，剛洗完的便當盒發出塑膠材質的摩擦聲。
「我沒你想像得那麼好，也沒你想像得那麼努力喔。」
眼睛與鼻子之間開始發熱發癢，我假裝沒察覺，從口腔上緣出聲回應。
手機再度發光。經過瞬間的躊躇與沉默，林田先生拿起手機。我哼著歌假裝低下頭，順勢瞥向畫面。即使知道其實不該這麼做，陣陣湧現的嫉妒心也沒有阻止我。我將差點中斷的這首歌確實哼完再開口。
「是女友嗎？」
我問了不曾問的禁忌問題。我前後搖晃身體，注視地面。漂浮不了的心意大概會落在地上累積吧。這條美麗的地毯應該會有無數人沒察覺任何異狀踩踏吧。
林田先生大大的手掌放在我頭上。
「對不起。一下下就好。」
我覺得這就是一切。即使說過和我見面的時光最美妙，即使說過喜歡我，她依然輕易就鑽入我倆之間的縫隙。
彈珠發出清脆的聲響，落在我腦中的便當盒。
我明明總是耐心等待林田先生的回應。是正在工作嗎？正在陪女友嗎？明明在公司見得到面，ＬＩＮＥ的訊息卻曾經整整兩天沒顯示已讀。即使如此，我還是耐心等待。可是……

懷抱不滿的時候，為什麼會想到曾經為對方做的事情而生氣呢？明明對方可能不曾拜託我做，不曾希望我做。我想到這種事就站不穩。

我再度哼起歌。我行我素，卻好喜歡他，討厭他，希望他早點討厭我。我哼著這樣的歌。林田先生絕對不知道的歌。所以他不知道我的心情，看著手機。

彈珠接連落下。發出噹啷噹啷的聲音相互碰撞，逐漸填滿便當盒。

林田先生將手機放在桌上，他的手終於包覆我了。

我開口叫他。聲音比我想像得還鎮靜，我放心了。

「林田先生，我喜歡你。」

這句話是希望他默默聽我說下去，看來他聽懂我的意思了。他緊抱我的頭，以鼻尖輕輕摩擦。

「我喜歡你的聲音。低沉又帶點朦朧的感覺，會讓我內心平靜。也喜歡你像這樣把臉埋在我頭上。你總是站在我這邊，願意明講喜歡我，好喜歡你開懷大笑的表情。」

彈珠從天而降。一顆又一顆。

「一邊吩咐千萬別在職場拿出來，一邊送我同款鑰匙包的時候，我好開心。每次都在這間飯店見面，所以連飯都不能好好吃，但是只要有事情慶祝，你就會買好吃的蛋糕給我。還有，你總是津津有味享用我做的便當。」

我生氣的時候，你會陪我生氣。我說不出話的時候，你會解讀我的心情，仔細為我整理，我喜歡你的這份溫柔。

即使不是第一喜歡，但你喜歡我。我對此感到開心。

幸福如夢的時間，或許果然只是一場夢。彈珠雨不曾止息。

最初我嚇了一跳。因為我不知道你有女友。

「就算這樣也沒關係，請讓我陪在你身邊。」

當時這麼說是對是錯，我至今也不清楚。後悔與接受接連前來。

沒和我見面時，我會想像他大概在和女友接吻。即使以同一張嘴吻我，我還是覺得自己喜歡他。確實接觸的部位傳來他的愛，所以我想相信這不是謊言。

林田先生確實點頭回應我的每一句話，以我最喜歡的低沉朦朧美聲，輕聲向我道謝。

「我列了好多項，但我全都喜歡。喜歡你的一切。『喜歡』的心情不是針對特定的哪裡或哪個東西，而是包括了對方的全部。所以……」

說到這裡，我內心一陣痛楚。真的以為被什麼東西刺傷的痛楚。像是某人持刀亂捅的刺痛。啊啊，這是我在捅我自己。為了扯下不想分離的身與心，所以殺害自己。我如同要忍受這陣痛楚，拚命吸氣。

「到此為止吧。因為我喜歡你。」

不斷落在便當盒的彈珠雨。噹瑯噹瑯的吵雜聲持續在腦中響起。

繼續在一起也沒有任何結果。只有「喜歡」的情感永遠封閉在飯店的這間客房。我們……不，我將無法離開這裡。這樣下去，我覺得會被彈珠壓死。乾脆讓林田先生對我失去興趣算了。我好幾次冒出這個念頭，而且每當這麼想，我就希望他繼續喜歡我。

到頭來，這是無限迴圈。雖然喜歡，卻無法在一起。雖然無法成為第一，卻想要在一起。想像自己就這樣逐漸衰老，想到林田先生不肯一起墮落，我就難過得想要掐住自己。所以我將裝滿彈珠的便當盒翻倒了。

這種速成的關係，該結束了。

「因為喜歡你。」

如同要留下永不磨滅的印記，我再度確實說出口。「這樣啊……」林田先生輕聲說完，更用力將我拉過去，然後稍微離開我。我就這麼低頭不敢看他，想著空空如也的便當盒。

「不後悔？」

林田先生這麼說，嘴脣印在我發熱的眼皮。

「不後悔」是什麼意思？分手之後，我要後悔什麼？

彈珠不再落下。腦中好安靜。我不知道答案，含糊微笑。

我的爸爸不只一人。夜晚，下班回家的爸爸後方，排著三個沒穿衣服，臉孔雪白的爸爸。

「你回來啦。」

媽媽好像只看得見一個爸爸，她在玄關從爸爸手中接過西裝外套，噴上消臭劑。

一臉疲憊的爸爸一看見我，就問我怎麼還沒睡。

「今天不睏。」

「因為啊，這孩子放學回來就累到睡著。記得嗎？運動會快到了，應該是為了練習才累壞吧。」

「嗯。今天練習賽跑，明天要練習大隊進場。」

「這樣啊。爸爸我很期待喔。」

爸爸坐在沙發喝起罐裝啤酒，在他身後，發出溼亮光澤的白臉爸爸們，像是鞦韆緩緩搖晃。他們都不說話，注視著不知道是何處的遠方。白色爸爸們行走過的地面，會像是水蛭爬過一樣溼掉，可是愛乾淨的媽媽都不擦。所以肯定只有我看得見。

「該睡了，不然明天起不來。」媽媽這麼說，拿魔法牛奶給我喝。喝下這杯暖呼呼又帶點甜味的牛奶，身體就暖洋洋的，感覺像是被棉花糖包裹。從嘴裡到肚子，可愛的小羊在軟綿綿的白雲上跳動。小羊增加，身體就變重，我的眼皮因而閉上。

太陽公公笑著從窗外對我說早安，我的一天就此開始。

我沒換掉睡衣，下樓到客廳一看，爸爸與媽媽好像已經起床。吐司的香味挑逗我的胃，小羊就回到原野，我的肚子變得空空的。

我在洗臉臺刷牙洗臉。我個子還小，所以必須站上臺子墊高再潑水洗臉，不過今天我只將臉沾溼一次就了事。反正肯定不會被發現。

我從軟管擠出草莓牙膏。沾著粉紅色物體的牙刷插入嘴裡，摩擦牙齒。泡泡愈來愈多，穿過鼻腔的甜甜香味與嘴裡的泡泡差點害我窒息，然後一次吐光。淡粉紅色的液體緩慢流進排水口，我定睛注視這幅光景，回想起昨天的爸爸。

下班回家的爸爸總是不只一人。昨天是三人，不過之前多達七人，我偷看到客廳裡滿是爸爸。那天，我原本是要上廁所才下床，但是爸爸多到嚇我一大跳，我的尿意全沒了。

不知道爸爸是從什麼時候不只一人的。這是目前最讓我詫異的事。好像從一開始就是這樣，也好像不是這樣。而且，爸爸到了早上就回復為一人。

我確認吐出的泡泡流光之後，再度將牙刷插入嘴裡，仔細刷每一顆牙。一直漱口到草莓味消失，換好衣服回到客廳。

打開客廳的門一看，爸爸只有一人，媽媽也只有一人。兩人都一如往常看著晨間新聞，聊著電視裡的人。我一邊說早安，一邊跑向兩人。爸爸以大大的雙手抱我，傳來和往常一樣的髮蠟味。媽媽也傳來和往常一樣的鐵鏽味。我將爸媽的味道吸滿胸腔，放鬆身體。

熱騰騰的吐司加上一大塊奶油。我讓麵包上逐漸融化的奶油左右滑動玩耍，被媽媽輕聲警告。

「再不吃會變硬喔。」

「好～～」

「回應的聲音要簡潔有力。對吧，孩子的爸？」

「對！」

爸爸充滿活力回應，全家人哈哈大笑。晚餐沒什麼機會全家一起吃，所以我很喜歡早餐的這段時間。

在吐司抹上厚厚一層大顆果粒的草莓果醬，然後大口咬下。奶油的味道滲出吐司擴散到口腔，草莓的甜味和果肉手牽手跳起舞。好吃到想一起跳舞。

我每天早上都吃這樣的草莓吐司，不過每次都像是第一次吃到般好吃，感覺體內像是有一大朵花朝天空伸展綻放般滿足。

「健太真的吃得津津有味啊。」

爸爸輕輕將手放在我的頭上，摸亂我的頭髮，然後走出家門。爸爸寬大的背影穿上西裝之後，看起來就稍微小了點。

「路上小心。」

上學途中，離我家不遠的某間住家，庭院擺著巨大書本形狀的裝置藝術品。像出現在夢境國度的東西，光看就令人興奮。封面寫著英文，我還看不懂。其他住家也開始擺放裝置藝術品，數量與日俱增。運到鄰居家裡的裝置藝術品，是彷彿從繪本蹦出來的藍色香菇。雖然不帥氣，不過光是龐大的體積就令我興奮。

我去住在公寓的朋友家玩時，垃圾集中區旁邊排列五根圖騰柱，各自雕刻笑臉或哭臉。和公寓格格不入的這些圖騰柱，到了傍晚時分在夕陽照耀之下看起來超強。躲進圖騰柱伸長的影子，自己的影子就被完美藏起，我們經常拿這些影子玩。不過其實好像不應該這樣玩。

某天我放學回家一看，我家也運來一個奇怪的裝置藝術品。是媽媽以自身喜好挑選的白色雕像，擺在像是法國會有的西式臺座上。雕像是捲髮天使，但是比我的身體大好幾倍，一點都不像天使。媽媽好像很珍惜那座雕像，吩咐我絕對不可以靠近。媽媽愈是不准，我就愈感興趣，不過看到媽媽每天在庭院將雕像擦得亮晶晶的樣子，就覺得要是雕像真的壞掉會很可憐。因為我也有這種經驗。以前爸媽買給我一臺我很喜歡的機器人，後來被四歲表弟弄壞的時候，我心情超級沮喪。我不希望媽媽留下這種回憶。

不過，為什麼那麼大的東西突然來到我家？我家的庭院種植山茶花，所以比起天使，佛像應該更搭吧？

「為什麼我們家是天使？像鄰居那樣擺個大香菇，或是擺個大型機器人，這樣不是比較好嗎？」

這天晚上，我詢問身後帶著白色爸爸們的爸爸。

「那是媽媽的興趣。不是很可愛嗎？」
「是沒錯，但我想要更帥氣一點的。爸爸也這麼認為吧？」
爸爸笑著帶過我這個問題。
「放媽媽喜歡的擺飾就好喔。你想想，天使平常都在天上吧？在天上守護大家。不過，如果庭園有天使，比起在天上守護，不是更加可靠嗎？」
「可是我們家明明信佛教……」
「喔，你知道我們信佛教？」
「因為我們會去寺廟，墳墓也沒有十字架。奶奶家有佛堂對吧？」
「連這種事都知道了啊。看來你已經是大人了。」
「我也完全是大人了喔！」
「既然這樣，大人的健太該睡了，省得媽媽早上叫你起床。」
被爸爸這麼一酸，我有點生氣，決定離開客廳。當我轉身要向爸爸說晚安的時候，目光被白色的輪廓吸引。
「晚安。」
我想，爸爸肯定在說謊。

我們在學校也會聊到自己的爸媽。

「昨天回家之後，我看見好幾個媽媽。」

只要有人帶頭，大家就會紛紛聊起來。

在午休時間，我們各自分組，將六張桌子併起來吃營養午餐。我吃著燉煮過頭軟綿綿的烏龍麵，聽大家聊天。

「我問了媽媽，但媽媽什麼都不告訴我。只說『媽媽只有一個人啊，你在說什麼啊？』這樣。」

「我也是，我爸爸偶爾會變成兩人或三人回家。」

「我姊在唸書準備升學考試，我去叫她吃飯的時候，她變成兩人。後來姊姊就這麼吃著晚飯，可是媽媽他們露出同情的表情看著姊姊。」

那究竟是什麼狀況？我們的詫異有增無減。

「更神奇的是，到了早上就會回復成一個人，對吧？」

我說完，大家停頓一段時間之後點頭。

「好恐怖。明明我們看得見，家人卻看不見，這是不可能的事。大家都在隱瞞某些事。」

班上體格最好的阿裕聽著我們聊天，默默一口氣喝光牛奶，以手臂擦拭溼嘴巴之後，不知為何狠狠瞪向我。被這雙眼睛嚇到的我移開視線，連忙夾起烏龍麵塞滿嘴。

吃完午餐，今天輪值的我們這一組，抬著剩下的飯菜前往配膳室。和我一起提著大餐桶的阿裕，發出「喂」的聲音叫我。

「怎麼了？」

「剛才那件事。」

我在腦中將剛才的各種話題跑一遍，察覺他是在說白色爸爸們的話題。

「我想，他們都有看見。雖然早就知道，卻假裝不知道。」

「假裝不知道？」

「大人都這樣。」

「大人」這兩個字的聲音和阿裕看著下方的視線重疊，浮現「祕密」這兩個字。

如同我媽媽會說謊，大人們或許都隱瞞著某些事。

「某些事情最好別知道。」

「可是，如果是神奇的事情，我想知道。」

阿裕再度瞪我。我不再說這個話題，向他道歉，然後他輕聲說了某些事。

數天後，比較晚進入教室的阿裕氣色很差，搖搖晃晃要坐在自己的座位。

全班籠罩驚愕的氣氛。阿裕身後有另一個阿裕。朦朧泛白的身影沒穿衣服，溼亮的身體以及只是晃動沒看任何地方的雙眼，都和我爸爸帶回家的其他爸爸們一樣。

在教室騷動不已的狀況下，老師連忙跑向阿裕。

「還好嗎？」

緩緩點頭的阿裕看起來很虛弱，平常高大的身軀看起來也萎縮變小。不過，站在後方的另一個他身軀高大，就只是緩緩晃動。

「我去叫其他老師過來，各位同學乖乖等我喔。」

老師像是要藏起兩個阿裕，帶他們一起離開教室。

後來，其他學年的老師來幫我們上算數課，不過阿裕這天沒回教室。

即使問阿裕那天發生什麼事，他也不說。

後來大家也不問了，教室過幾天就回復為平常的樣子。

我不經意心想，阿裕或許真的成為大人了。

和媽媽一起待在家裡時，我發現媽媽露出哀傷的表情。我要拿優格當點心的時候，看見媽媽一邊做飯，一邊摀著嘴巴忍住淚水。

「媽媽，怎麼了？不舒服嗎？」

我注視噙淚的媽媽。媽媽瞇細雙眼，細紋將臉蛋塑造得更立體。

「我沒事。」

「可是，妳在哭耶。」

「切洋蔥的時候，都會差點掉眼淚。」

可是我知道，媽媽沒在切洋蔥。

媽媽或許有什麼不能告訴我的難過心事，所以媽媽也對我說了小小的謊。或許因為媽媽是大人吧。

爸爸也是。休假的這一天，我啃著早餐的草莓吐司，偷偷將阿裕的事情只告訴爸爸一人。

「阿裕他啊，之前有一次是兩個人來上學。」

「兩個人？和媽媽一起嗎？」

「不是喔，是兩個阿裕來上學。」

爸爸睜大雙眼，反覆眨眼凝視我。

然後他發出「唔～～」的低沉聲音，對我這麼說。
「該不會他其實是雙胞胎，只是你不知道吧？」
「不可能喔。因為另一個阿裕沒穿衣服。」
我不高興地回嘴，爸爸隨即扭曲表情笑了。
「健太再長大一點就會知道喔。」
爸爸說完摸亂我的頭髮。我知道這肯定也是謊言，將吐司對摺硬塞進嘴裡，再將牛奶灌進肚子裡。感覺牛奶讓我發熱的身體冷卻下來。

放學回家之後，我從瓶子挖出草莓果醬，倒在雪白的優格上。酸甜的香味撲鼻而來，肚子開始發癢。這是我最喜歡的點心之一。
以銀色湯匙攪拌優格，粉紅色從中央像是畫圓般逐漸擴散。白色加紅色會變成粉紅色，這是我從這裡學到的知識。
草莓果醬裝在瓶子裡的時候不是紅色。燈光打在瓶身會發出紅黑色的光，使我背脊發涼，皮膚起雞皮疙瘩。
草莓加熱塞滿瓶子之後，為什麼會變成這種顏色？我覺得可能是塞滿之後受到壓縮，顏色才會變深。證據就是我面前優格上的果醬不是紅黑色，而是透光的紅色。

我用湯匙攪爛大顆果肉。不是因為不好入口，不過我體內的另一個我擅自固定我的手，用我無法抵抗的力氣擅自攪爛。在這種時候，我會想起在學校發生的討厭往事。像是大家說我跑得慢，或是完全不會寫算數題目。不過最近將我腦袋攪得亂七八糟的最大原因是說謊。這一切都在盤子裡攪爛，進入我的肚子。

「別這樣。」

一起吃優格的媽媽開口了。但我依然停不下來，以湯匙前端切碎果肉再用匙身磨爛，媽媽見狀摀住自己的嘴。還以為媽媽又想哭了，但媽媽額頭冒出一顆顆的汗珠，從丹田發出「嗚，嗚」的低沉聲音，雙眼溼潤。

媽媽蒼白的臉滿是汗水，就這麼從椅子滑落。我跑向媽媽，接著媽媽像是拚命忍耐著什麼般搖頭，以另一隻手指向門。肯定是不希望我看到她這樣吧。可是媽媽看起來很難受，我也很擔心，所以我不想離開媽媽，努力撫摸媽媽的背。

「咿咿嗚，我，不要。啊啊啊，唔，嗯！」

「還好嗎？我會陪著媽媽。」

媽媽跪倒在地，發出不成聲的聲音受到折磨，這樣的媽媽不像人類，像是動物園的猴子。

「不舒服的話就別忍了。」

我感冒想吐的時候，媽媽也像這樣撫摸我的背，一直陪著我。我覺得這次輪到我為媽媽這麼做了。我連忙去拿流理臺的盆子過來。

「撐不住的話就吐在這裡。」

即使如此，媽媽依然在忍，身體像是很難受般一直抽搐。吐出來應該會舒坦些吧。摀著嘴的手溢出一滴滴的口水。

「媽媽，手放開。」

媽媽正以堅定的意志對抗某個東西，我試著讓媽媽的手離開嘴，但她搖頭抗拒。不知道是汗水還是淚水，媽媽溼透的臉蛋逐漸鐵青。

媽媽喉嚨深處發出「咕噗」的聲音。就像是拔掉浴缸的塞子，封鎖至今的物體獲得解放的聲音。隨著這個聲音，媽媽的喉頭不自然地大幅膨脹，像是要從身體深處排出一顆大球，膨脹到像是要破裂。

嘴裡流出的口水偏黏，沿著母親的下巴拉出細絲不斷流出，弄溼地板與水盆。喉頭的球一邊撐開脖子一邊上升到嘴巴，媽媽的五官發出劈啪聲橫向撐開，嘴巴大大張開到我沒看過的程度。

「嗚嗯嗯嗯嗯嗯嗯嗯嗯嗯嗯！」

隨著好大的嘔吐聲，裂開的嘴巴吐出滑溜的物體。

無力滾落地面，像是嬰兒縮起來的這個物體，是「很像媽媽的某種東西」。緊握的手指像是確認動作般一根根緩緩張開。每次身體一動，如同水蛭的黏滑液體就拉出細絲，和雪白的爸爸一樣。和理科教室泡在液體裡的青蛙標本一樣發白泡脹。

媽媽肩膀劇烈起伏大口喘氣，我一邊繼續撫摸她的背，一邊目不轉睛看著這幅光景。那個物體發出咕啾咕啾的聲音，直到剛才撐大到差點裂開媽媽臉皮逐漸回復原狀，看著這一切的我，身體逐漸被驚訝的心情控制。

目前正在發生我不曾看過的事。

不要，我好怕。簡直是恐怖電影。眼前變得一片空白，意識差點遠離。身體突然開始發抖。感覺心臟被捏爛，在縫隙撲通撲通拚命跳動。吸氣也發出咻咻的聲音，完全無法隨意呼吸，好難受。

黏滑的物體毫不客氣弄髒地面，緩緩張開身體。

我的肚子突然變重。不是晚上出現小羊的那種重，是更真實的生物重量。接著胃一陣緊縮，我覺得身體彷彿被整個翻倒。我的胃，我的喉嚨，我的嘴巴，都像是被放入燒燙的石頭般火燙，口腔溢出帶酸味的濃稠唾液。

我「噗啪」吐出一看，是一塊黏膜般的物體，我還以為嘴巴跑出史萊姆。

啊啊，我好像也和媽媽發生一樣的事。

如此感覺的瞬間，一隻手插入我的嘴。我嚇一跳揮手掙扎，汗水溼透頭髮的媽媽拚命壓住我。

媽媽手指碰到我喉頭深處柔軟的部分時，以唾液溼潤的喉嚨好像突然變乾，肚子裡的「東西」反抗我的意願往上爬。彷彿從內側破壞一切的感覺，我根本無從處理，只能搔抓手臂。

肋骨像是要撕開肌肉彈出，鎖骨被上推到可能刺破喉嚨。亂動我身體的這個東西，終於爬到喉嚨的位置。像是鐵球塞住的感覺。我喘不過氣，試著以鼻子呼吸，鼻水塞得喉嚨發出「咕噗」的聲音差點窒息。我痛苦到無計可施，不得不吐出這個東西。

整張臉從右邊，從左邊，從各個部位被尖鉤往外拉。好痛，好難受，住手。痛楚使得恐懼逐漸轉變為憤怒。我究竟犯了什麼錯？

眼珠被扯離到我不知道的位置，失去正確的視覺，視野擴張到不曾見過的程度。

媽媽的手指更深入我的喉嚨之後，某個東西像是被拖出來般，從我的嘴巴滑溜吐出。視野一角捕捉到我伸長下垂的嘴脣。

第一次看見，像是另一個我的這個物體蜷縮成一團，如同沒察覺自己出生的變色龍。就這麼沾滿溼亮的口水，身體各處緊密貼合毫無縫隙。雖然不覺得這東西活著，但是身體緩慢起伏。

媽媽從後方緊抱不斷滴口水的我，看著面前的另一個我們逐漸伸展身體。

「這個啊，是一種病。」

另一個我們完全伸展身體之後，媽媽終於開口。

「爸爸跟媽媽都會這樣，只要發生討厭的事。或是內心充滿不安，就會把自己從體內吐出來。這種病現在正在蔓延。」

媽媽一句句為我說明。來自上方的聲音很小，卻筆直傳入我的耳朵。

「我也生病了嗎？」

嘴邊的口水乾燥之後，發出薄膜碎裂的聲音。

「對，你也生病了。」

「爸爸也是？」

「爸爸也是。爸爸在公司遭遇很多討厭的事。」

「媽媽討厭什麼事？」
我只聽到冰箱壓縮機的聲音，以及兩個分身在動的聲音。
「討厭變成這樣。」
媽媽的眼睛沒在看任何地方，我忍不住想緊抱媽媽。
「治不好嗎？」
「很難說。」
爸爸之所以不只一人，是因為生病。我面前之所以多一個媽媽，也是因為生病。我也是因為生病，所以吐出了另一個我。
我與媽媽的分身慢慢站起來，默默拖著腳步，懷抱兩人份的不安，站在我們身後。
原來如此，這是一種病。不過，這叫做什麼病？
「得清理乾淨才行。」
媽媽以圍裙裙襬擦我們兩人的臉。下垂的嘴唇已經回到正確的位置。乾燥口水的白色固體一片片落下，弄髒地板。
媽媽就這麼牽著我來到庭院的天使擺飾前面。另一個我們緊跟在身後晃動。

「爸爸也是，經常帶一大堆回來，真麻煩。健太也要學會自己處理自己才行喔。」

媽媽說完，就像是開門那樣，將臺座上的天使從頭頂緩緩縱向開啟。天使內部是黑漆漆的空洞，刺鼻的味道纏著我的鼻子不放。腐爛的東西大概就是這種味道吧。聞起來酸酸的，感覺會從空氣裡溢出濃稠的液體。

媽媽的雙眼映著深邃的黑暗。

「把自己裝進這裡。」

媽媽只說這句話，然後拉著自己身後的另一個媽媽，讓她接近天使。

放置天使的臺座有個大洞，洞裡有六枚刀片像是螺旋槳呈圓形排列。媽媽拉著和自己同樣染成褐色的長髮，讓另一個媽媽的臉湊向洞口，接著響起像是低吼的機械聲，刀刃發出喀喀聲轉動。另一個媽媽鼻子以上的部位，如同絞碎的番茄發出咕啾咕啾的聲音失去原形。接著媽媽將她的身體翻過來，將頭髮往洞裡塞。就像是被聲音吸進去，另一個媽媽的頭髮被拉扯，我看到這裡就知道她再也回不來了。

溼亮的白色手臂往前伸，像是在抵抗被天使吸進去的頭髮。如同求救般伸長的手臂抓不到任何東西，只是空虛擺動。眼睛與鼻子都絞碎，即使發不出聲音，也只有僅存的嘴巴作勢大喊。

媽媽退後一步，以像是塗成漆黑的表情看著這一幕。

頭髮被吸進去，臉部到頸部的皮膚拉緊，脖子明顯浮現青筋。頭皮從該處被整片扯下，皮膚與皮膚發出噗嘰噗嘰的聲音撕裂，冒出鮮血。

再來是頭。一開始像是卡住般塞在入口，卻還是發出不輸給響亮機械聲的咕嘟咕嘟聲，粉碎染紅外露的頭蓋骨。從我所站的位置看不見那顆頭的時候，另一個媽媽的身體稍微被拉得懸空，緩緩扭動畫出弧線。

隨著噗咻一聲，某個東西彈向天空。我不禁閉上眼睛。戰戰兢兢張開眼睛一看，天使的白色頭髮全染成紅色，各處沾上小小的固體。

「又髒掉了。」

媽媽像是為難般托腮歪過腦袋。

「這是在做什麼？」

「這個啊……」

媽媽看著被拖進洞裡的軀體，繼續說下去。

「是在作廢。」

「作廢是什麼意思？」

「這是不要的東西，所以要丟掉。」

「可是，這不是媽媽嗎？」

「是媽媽，卻不是媽媽。這個啊，是媽媽不要的東西。」

「不要的東西……」

「沒錯，不要的東西。因為不要了，所以大家都會吐出來。吐出來之後，當作不曾存在過。」

媽媽明明是媽媽，卻要當作不曾存在過，這究竟是怎麼回事？在我細細咀嚼這段話的意思時，天使依然繼續將另一個媽媽「作廢」。

頭沒了，手臂與身體也絞成肉泥，只有上下的朝天雙腿無力從膝蓋彎曲，隨著機械吞噬的反作用力頻頻擺動。

鮮血以及掉出來沒吸入的肉片散落在周圍。像是某種東西的固體。紅色塊狀的物體。

「爸爸也像這樣，每天被那個天使吃掉嗎？」

「沒錯。」

媽媽淺淺的喉頭上下起伏。

連腳尖都完全吞噬的天使，發出「咕噗」像是打嗝的聲音。

「再來換你。」在媽媽催促之下，我站在天使前面。戰戰兢兢往洞裡一看，是鋒利的鋸齒狀刀刃。只要刀刃轉動，就會像剛才一樣逐漸被拖進去咬碎吞噬。

我覺得很像流沙坑。

因為剛用過，所以各處沾著血，刀鋒也殘留肉屑。從身體深處湧上喉頭的酸液，我硬是壓了回去。

感覺我所知道的世界已經不存在於任何地方。

讓我心情平靜的牛奶只是一時的慰藉，小羊再也不會在我就寢之前出現在我內心奔跑。爸爸的笑容，媽媽的溫暖，都像是形狀不合的拼圖無法密合。

「忍耐很重要。在別人面前忍耐再忍耐，等到吐出來之後就輕鬆了。再來只要丟掉就好。大家都這麼做。長大成人就是這麼一回事喔，沒什麼好怕的。」

說完之後緊抱我的媽媽，有著一如往常的味道。不過，這是沾在她身上的血腥味。

或許當我不在家的時候，媽媽都像這樣丟掉自己。當我睡著之後，媽媽會丟掉爸爸吐出來的爸爸。今後我也要像這樣丟掉自己嗎?可是，吐出來的我真的是不要的東西嗎?在染紅血腥味的包覆之下，我自問了好一陣子。

既然不知道，或許嘗試一次比較好。

我想起第一次學會騎腳踏車的那一天。

爸爸帶我到公園練習騎腳踏車。當時遲遲沒能只靠兩個輪子前進，不過在後面扶著的爸爸輕推腳踏車悄悄放手的時候，相信爸爸在後面所以不會出事的我就這麼受騙，順利學會騎腳踏車。

如果和那時候一樣下定決心，說不定可以輕易理解。

我牽著默默搖晃的另一個我，將他拉過來。手中傳來滑溜的觸感與溫熱的體溫。如同空殼的這具身體也確實流著紅色的血液，確實活著。

「溫溫的。」

「因為他剛出生。」

另一個我沒有以視線回應。我注視他空洞的臉。他隱約在呼吸，氣息有股剛起床的腥味。眨眼的時候是慢慢閉上眼皮。體溫不是很高，手腕的脈搏在跳動。我生下的另一個我確實活著。

即使如此，我還是讓另一個我接近天使的洞。學媽媽的做法，將他的頭按進去。

另一個我的身體很柔軟，腦袋轉眼被吃掉。我站在洞的前面，就只是注視著這一幕。輕易絞碎，迸開，撕裂，頭顱的內容物噴濺出來，沾在我的臉上，散發至今最濃烈的血腥味。

看著自己逐漸被絞碎的樣子不是很舒服，我想移開目光。不過，即使擦掉沾在臉上的物體，從另一個自己拆解下來的東西也會再度毫不留情噴到我身上。

發出聲音噴過來的物體，再度打中我的臉頰。感覺溫溫的，刺鼻的血腥味使我再度吐出我。第二次沒第一次那麼難受，不過身體卡在我的喉嚨，我將手插進嘴巴，硬是把他拖出來。

兩人份的我被天使輕易吃光，時間只有媽媽的一半。

帶著彈性的桃色管子以及紅色的塊狀物體散落在各處。我的身體處理完畢之後，看起來很像那個東西。

我前往廚房拿空瓶。媽媽掛著淺淺的笑容，拿水管放水沖洗髒成紅黑色的天使。

窗戶沒關的鄰居家裡傳出聲音。

「鄰居在這種時間作廢耶，真希望他們別這樣，連我都要吐了。」

「如果看到媽媽吐，我也會吐喔。因為妳的特別噁心。」

「爸爸你真過分。不提這個，那個香菇垃圾桶品味很差，還是換成別的吧。我們家也用鄰居那種天使雕像吧。畢竟好像正流行，而且現在還來得及退貨。」

回到庭院的我，把還沾在身上的東西，以及散落在庭院的東西一一撿起來裝進瓶子。瓶子裝滿之後確實蓋好。看起來像是紅色也像是黑色，朝向光源就會生動透光。肉塊切面遍布一顆顆白色的顆粒。

天空彷彿以蘸滿藍色水彩的畫筆描繪。我仰躺在不太喜歡的這片天空下，腳底方向傳來少年們不知道是打棒球還是踢足球的聲音。反正是哪種都和我無關。躺在坡度平緩的堤防往上看，世界只有一片藍。有時候，細長的白色物體在遙遠的高空慢慢橫越。那是飛機。想到機上載著好幾百人，這個事實就令我暈眩。

為什麼這裡不是洋甘菊花田？如果是整片雪白的洋甘菊花田，我的心就可以飛到仙境，順利逃避現實了。

右手枕著頭好一陣子所以麻麻的。左手拿著一塊磅蛋糕。不是一片，是一整塊。而且上面留著隨意啃過的咬痕，像是挖過的山崖一樣醜醜的。

這是我烤的蛋糕。烤來發洩壓力的磅蛋糕。沒有任何人幫忙吃，只能我自己吃。我生著悶氣吃下這種東西之後，直到三個月前還很鬆的牛仔褲腰部塞滿肉，必須大口吐氣才扣得上釦子。一個不小心，拉鍊就會自己被擠開，我甚至曾經在騎腳踏車的時候沒發現內褲走光。

「啊～～」

即使發出聲音，叫聲也只會一直一直被吸入我這輩子沒去過的宇宙。煩躁感進入蛋糕，然後進入我的體內，成為贅肉黏在身上。

「又變胖了……」

試著撫摸臉頰，碰觸臉皮的手已經肉肉的了。手心沿著臉頰帶出圓形弧線。臉圓成這樣，看見店員照片來光顧的客人難免會說遭到詐騙。因為我在這三個月胖了八公斤。

我從小就好喜歡《愛麗絲夢遊仙境》。愛麗絲的金色長髮、水藍色連身洋裝與白色圍裙。明明沒下廚，為什麼要穿圍裙？幼稚園的朋友曾經這麼問，不過既然看起來可愛就沒關係吧？而且她的圍裙口袋裝著小小的糖果。能夠隨身帶著甜食，我覺得充滿女孩氣息，而且這樣也很可愛。

我小時候的照片，總是穿著愛麗絲那種水藍色的輕飄飄洋裝。在廚房幫媽媽的時候，會穿白色的滾邊圍裙，只要稍微沾到髒汙就哇哇大哭。所以後來媽媽禁止我穿那件圍裙，這是一段傷心的回憶。

國中時代，我在電視的特別節目看見秋葉原的女僕咖啡廳。當時是女僕當紅的全盛期，各種媒體以有趣或奇特的方式採訪女僕咖啡廳。電視畫面上，身穿滾邊服飾，擺著可愛姿勢，毫不害臊喊著「好萌好萌啾♥」的她們，就像是從仙境蹦出來的女孩，瞬間射穿我的心。一箭正中紅心，然後我死了一次。不知何時領悟到自己當不成愛麗絲的我，覺得如果要投胎轉世就要當女僕，所以在十五歲的時候一度結束至今的人生，找到新的人生之路。

聽說女僕的世界很嚴格。在高中畢業的十八歲，就已經被當成老太婆看待。得知這一點的我極度焦慮。女孩最燦爛的時代只有一瞬間，而且無比虛幻。即使從高中輟學也要當女僕。周圍沒人理解我這份焦躁感，我急得直跳腳。

「再不快一點，小女孩時代的我就要死掉了！」

我不知道像這樣對媽媽說了多少次。

「在媽媽的心目中，你永遠都是小女孩喔。」

但媽媽總是這麼回應，沒能建立共識。

至於爸爸，則是不敢相信我居然要前往東京。去了東京也不會改變什麼。為什麼要離開應有盡有，安全又宜居的這座城鎮?這就是爸爸的立場。

父母的反對、學校老師的升學勸告、為數不多的朋友建言，我都沒聽進去，在高中畢業的第二天就離開群馬來到東京。為了成為女僕。

我從小一點一滴存錢至今，肯定是為了這一天吧。我以強渡關山的形式，將租屋手續辦理到只差家長答應，將文件遞到爸媽面前時，媽媽像是已經放棄我這個人而簽名，隨便我今後要怎麼做。

然後，我的東京生活開始了。從新小岩開始。

現在的我躺在荒川岸邊。女僕身分是假的。明明如願在那麼嚮往的秋葉原女僕咖啡廳工作，我的日常卻毫無可愛要素。媽媽每天傳簡訊向我說早安。即使嘴裡說放棄，她還是在擔心我吧。

「啊，對了。得更新網誌才行。」

我工作的女僕咖啡廳，規定我們有義務以網站的網誌系統寫網誌。

我懶得起身，轉頭環視周邊。不遠處長著一朵小小的紫色野花。我將手機鏡頭拉得超近拍照。解析度超低。然後用ＡＰＰ調整色調，加上特效，完成一張看起來可愛的照片。

『我在祕密花園獨自開茶會。自己烤磅蛋糕，這就是我的同伴。各位今天過得怎麼樣呢？今天我不在店裡，所以有點寂寞，不過以甜食與綠意療癒之後，明天也會繼續努力服侍各位喔♥』

附上剛才拍完層層加工過的照片，按下投稿鍵。今天的任務就此結束。我啃了一口左手所拿的磅蛋糕，回復為仰躺姿勢，蛋糕屑一顆顆掉在臉上。掉到嘴邊的蛋糕屑，我伸出舌頭舔乾淨。無論做什麼事，眼前都是一片藍。

「主人，歡迎回來！」

以淡粉紅色為基調的店內，各處以心型裝飾點綴，門口玄關整齊展示所屬女僕們的個人資料。第一次來到這間「可愛大變身」的時候，老實說我還以為是特種行業。客人在這裡選擇可愛女孩，接受她的服侍。就某方面來說，這張照片是女僕的第一個戰場。

店內不斷播放流行的動畫歌曲。為了方便和客人聊天，我只要新動畫開播就會注意一下，所以知道現在播的這首動物什麼的歌曲正在流行，我對這部動畫本身不熟。只要不是非得知道的話題，我就不會記。

「伊藤妹。」

聽到有人搭話的我轉身一看，大學生主人在向我招手。他是抱著看好戲的心態和朋友前來，卻逕自沉迷成為常客的類型。一般聽到女僕咖啡廳會覺得客群大多是阿宅，但其實沒這回事，普通人意外地多。有人當成咖啡廳光顧，也有人抱著玩樂心態光顧。客人當然也包括小女生或是大小姐。

「肯特先生，今天有什麼吩咐？」

「我想點餐，可以嗎？」

「當然。今天想吃些什麼？」

「明太子義大利麵套餐。」

「遵命。晚點再為您拌麵喔。」

我向肯特先生露出燦爛的笑容，然而這張笑容被空虛帶過。

「啊，我要諾艾兒幫我拌。」

啊啊，又來了。因為我比之前胖嗎？最近就算負責點餐，也不讓我進行後續服務的次數增加了。肯特先生以前明明會讓我幫他拌麵……我注意別露出透露懊悔的樣子，回答當然沒問題。

「諾艾兒小姐的話，可能要請您等一下，可以嗎？」

「嗯，沒問題喔。謝謝妳的貼心。」

肯特先生揮了揮右手。啊啊，意思是我該走了吧。我說聲「知道了」轉過身去，鑽過整齊排列的座位，將客人點的餐點傳達給廚房。我一直覺得雙馬尾鬆掉了，所以抓住頭髮分成兩半，用力朝兩側拉緊，髮圈往髮根一推，不平衡的感覺就消失了。我大幅晃動雙馬尾前進。

「麻煩做一份明太子義大利麵～～」

「收到～～」

廚房有一群通稱「料理小精靈」的人。小精靈之一的田中先生開口回應。田中先生是這間女僕咖啡廳除了經理以外的唯一男員工。因為是男性，所以不能露面，餐點按照設定是我們女僕們藉由小精靈的能力使用魔法變出來的，所以他的存在絕對是禁忌。

「田中先生～～」

「伊藤妹，怎麼了？」

田中先生一邊將水注入高桶鍋，一邊聽我說話。包覆田中先生腹部的白色廚師圍裙，描繪大大的半圓形往前凸。我總是覺得他很像吃太多的熊。不知道裡面究竟塞滿什麼東西。

「我又被拒絕拌麵了。現在是五連敗。」

我故意垂頭喪氣，田中先生隨即哈哈大笑。明明別人正在沮喪，他為什麼能笑得這麼開懷？我有點不高興，但這間店裡只有田中先生會像這樣聽我發牢騷。

「又一次嗎～～但是不可以消沉喔。好了，別聊天，快幹活吧。」

「是沒錯啦～～但終究不好受。」

「伊藤妹，妳自己知道原因吧？」

被大肚子的人刺中自己內心的自卑點，我的臉頓時發燙。

「真是的！很過分耶〜〜」

「哪有過分。妳這樣下去會和我同一國喔〜〜」

田中先生再度哈哈大笑。雖然不知道他肚子裡塞了什麼，不過那張大嘴巴大概會和吸塵器一樣，把麵條或是米飯等食物通通吸進去吧。

我很神奇地不覺得生氣，或許是因為田中先生沒把變胖當成壞事吧。我知道大家暗中偷偷說我比剛來的那時候胖。田中先生表裡如一的話語，輕易就翻過我內心的圍牆。

剛加入時發給我的這套制服，要是我身體繼續腫下去，裙子的拉鍊將會拉不上來，公主袖上衣的釦子也會彈開吧。衣袖已經達到極限，贅肉從袖口隆起。我的身體確實愈來愈肉，現在的我以脂肪包覆著不安。

「好了，妳得趕快回去才行。」

田中先生將食指豎在頭頂，擺出不知道是牛還是鬼的奇怪姿勢催促我。

「好〜〜」

我噘著嘴回到前場，按下無線對講機的按鍵，聽到沙沙聲之後開口。

「我是伊藤。諾艾兒小姐，麻煩五號桌拌麵。」

我感覺到店內女僕們聽到這句話之後，空氣瞬間靜止。啊啊，又來了。大家應該心想我又被拒絕服務吧。

這種事我自己也知道。

田中先生那番話在腦中重現。嘆息差點脫口而出，我硬是吞回去。

耳中響起沙沙聲。

「我是經理。伊藤妹，麻煩清理空桌。」

「知道了。」

滿懷憧憬與期待進入的女僕咖啡廳很殘酷。這是服務業，也是當紅業種。要自拍，要拌麵拌飯，要在料理上面畫畫，要和主人們玩遊戲。這種要求很多，女僕必須忙著應付主人的各種要求。

另一方面，沒獲得主人青睞的女僕，和普通員工沒什麼兩樣。只是配角。明明一開始的時候經常被指名而忙得團團轉，指名次數卻像是和體重成反比一樣減少。如今我負責收拾空盤，打掃店內，按拍立得的快門，雜事一項項扔給我。我像這樣忙碌工作，時薪卻比受歡迎的女生們低很多。老是忙雜事忙到厭煩。整個月沒休假只領到十萬圓上下。如果受歡迎就可以領額外的獎金吧，想到這裡就止不住嘆息。這一切都是因為我變胖。肯定沒錯。肉肉的肚子壓在裙子與繫腰圍裙上，明明沒多久之前更平坦才對。都是壓力的錯。現實與理想的差距令我不知所措，我的樂趣只剩下進食。

啊啊，好想吃點東西。廚房飄來明太子義大利麵的奶油香味，挑逗我的胃。

依照吩咐做雜事吧。客人離去之後的餐桌留著玻璃杯以及蛋包飯、咖哩飯、蛋糕與聖代的盤子。我將蛋包飯與咖哩飯的盤子疊起來，再疊上蛋糕盤。盤子上以巧克力畫了一隻可愛的熊，還用圓滾滾的字體精心寫下「好♥你」的文字。這也是諾艾兒的作品。我將桌上用過的紙巾揉成一團，放在盤子上。

「伊藤妹。」

下班時，經理佐佐木先生叫住我。他是將近五十歲的大叔，總是身穿瘦身剪裁的深藍色西裝，給人閃亮的印象。西裝底下大概藏著健壯的肌肉吧。

時尚店面的內側若是有個穿西裝的男性，這種突兀感會令人有點緊張害怕。

我從一開始就不擅長面對這個人。加入這間店的當初，曾經討論我要用什麼綽號。我主張要叫做「愛麗絲」，但佐佐木先生堅決不接受。

「伊藤小姐沒有愛麗絲的感覺吧。比起可愛或是俏皮，我覺得妳最好帶點親切的感覺。」

他說完，為我取的綽號是「伊藤妹」。

「像是電視播報員，加個『妹』聽起來會很親切吧？就是這種感覺。這名字在我們店裡是罕見的類型，所以應該很顯眼喔。」

他不聽我的意見就強行定案，我至今依然耿耿於懷。

佐佐木先生以無奈的眼神看我。

「發生什麼事嗎？」

我重新將肩上的包包掛好。

「伊藤妹，妳太胖了。」

子彈重重打在我的耳朵。耳朵尖聲作響，我感覺世界遠離，腦袋搖到發昏。

我差點失去語言能力。右手突然發麻，像是連指尖都插入鋼筋般緊繃僵硬。

「我不介意妳變胖。不過啊，妳知道妳的人氣因而往下掉吧？」

「嗯。」

我輕聲回應。

「我知道妳剛進來沒多久，某些事情還不適應，但還是得控制才行。雖說是打工，但一樣是工作喔。」

「不好意思。」

「我不會要求妳立刻瘦回來。飲食方面有什麼不安要素要記得改掉喔。」

「謝謝經理。」

我的注意力已經只集中在僵硬的右手了。感覺經理痛罵我變胖，心情變得好難過。我的生活習慣不好，動不動就愛操心，才會這麼沒救。只懷抱憧憬就闖進來的這個世界或許不適合我。

我低著頭鞠躬說聲「您辛苦了」，像是逃離原地般離開。

發生難受事情的時候失去食慾該有多好……我總是這麼想。吃東西的時候可以不必想起任何事，這在我心中不知何時成為定例。

搭乘總武線從秋葉原回到新小岩。不必轉車的上下班路線惠我良多，但我今天想繞到其他地方晃晃。不過我的日常生活只往返於秋葉原與新小岩之間，還不太熟悉東京這個城市。要我獨自走在陌生場所還是會怕。

夜晚電車的車窗，因為車外天色昏暗的關係，所以像是鏡子映出我的身影。我沒心情坐，倚靠在車門旁邊，玻璃映著我比三個月前豐盈得多的臉蛋。臉頰線條稍微下垂。滿懷期待的那個時候明明那麼堅挺，為什麼現在不一樣？右手的麻痺終於開始消失。

我對自己的臉感到厭煩，將無從宣洩的情感塞進內心抽屜，為了視而不見而打開ＩＧ。我追蹤的人們都享受著快樂的日常生活，再怎麼捲動頁面也看不完。在我覺得這或許是反效果的時候，看見我崇拜的鈴蘋小姐發文。

「今天是制服ＤＡＹ。鈴穿上水手服喔。水手服×馬尾＝最強。」

身穿清秀水手服，頭髮綁馬尾的鈴蘋小姐，是彷彿出現在汽水廣告的清新女孩。可愛到令我發出幸福的嘆息。

我瘦下來會變成這樣嗎？

鈴蘋小姐是我的女神。決定從群馬來到東京的時候，我上網尋找要加入哪一間店，也從社群網站得知許多出色的女僕。某些女僕會唱歌跳舞，也有很多與其說是女僕咖啡廳更像是主題咖啡廳的店。其中在秋葉原最有名的女僕咖啡廳，店裡最受歡迎的女僕就是鈴蘋小姐。她獨自辦活動總是盛況空前，還出了寫真書。群馬鄉下的書店沒賣，所以我是在網路下單買到的。送來的紙箱比想像的大，感覺像是收到隆重的生日禮物，小心翼翼打開一看，以粉紅色為基調的封面上，拿著棒棒糖微笑的鈴蘋小姐和我眼神相對。

「好可愛！」

可愛到我不禁說出口。我尤其喜歡她微笑時露出的小虎牙。比起任何藝人或模特兒，鈴蘋小姐都是我心目中最棒的女孩，是至高無上的女神。

其實我想進入她工作的女僕咖啡廳，但是面試一下子就被刷掉，所以在應徵第五間才錄取的現在這間女僕咖啡廳「可愛大變身」工作。

即使如此，光是想到每天一樣在秋葉原扮演女僕服侍主人，我就充滿動力。水手服的照片只能按一次讚，令我煩躁不已。我好想再按一百個讚。啊啊，能變成這樣該有多好。只是幻想的話不必任何代價。誰都能這麼做。

五萬圓的套房，廁所與浴室在同一間。以往住家裡的我，如今在廁所與浴室同一間的場所生活，在我內心造成文化衝擊，但我付不出更多的房租。在浴室掛上撲克牌圖樣的浴簾，是唯一提振我心情的要素。

在榻榻米鋪滿淡粉紅色軟綿綿的地毯，以毛線編織的掛毯或布偶等各種花俏裝飾品塞滿房間。雖然採光不好，不過陰暗的室內與毛線產生的毛屑隱約洋溢古老氣息，我喜歡這種感覺。

回家之後，我像是宣洩不安與壓力般做菜。廚房只有小小的流理臺與單口瓦斯爐。勉強能下廚的空間。做糕點時的幸福感尤其令我難以抗拒。融化的奶油散發香味，加入砂糖之後，芳香追加一絲絲的甜蜜。只要仔細攪拌調理盆裡還帶著顆粒的材料，感覺我的悲傷與空虛也一起溶化。攪拌得愈滑順，內心的尖角也磨得愈平。

明明想瘦，但是早上起床一看，烤箱裡二十片薑餅人造型的餅乾烤好了。我拿起一片烤成金黃色的餅乾，薑餅人看著我笑。這張笑容究竟是在安慰還是在嘲笑？我無從斷言。

將餅乾送入口中，酥脆口感與明顯甜味擴散到整個口腔。我覺得很好吃，同時也感覺會變胖。

今天的早餐就吃這個了。我將剩下的十九片餅乾隨便放進保鮮盒之後出門。每走一步，包包就傳來餅乾相撞的喀喀聲。到店裡的時候應該已經碎光光了吧。我變得不安，所以在通往車站的路上，我抱著保鮮盒行走，同時將一片片餅乾送入口中。

天氣不太好，加上一大早就以大量餅乾填滿肚子，我的胃在哀號。口腔的水分也幾乎被吸乾。

「好想喝牛奶～～」

我試著輕聲這麼說，卻沒人回應。直到剛才掛著笑容的薑餅人造型餅乾幾乎都進了我的肚子。

「田中先生～～」

今天我在開店前衝進廚房。

「伊藤妹，怎麼啦？」

田中先生以一如往常像是福神惠比須的表情迎接我。這張笑容不知道治癒我多少次。

「請聽我說！昨天經理也說我胖了。」

「哎呀哎呀……」

「不要哎了啦。我果然得瘦下來才行嗎？」

「唔～～但我覺得很有個性，還不錯啊？」

「個性嗎？胖是一種個性嗎？」

「講好聽一點是這樣沒錯。瘦跟胖都是一種個性吧？」

「可是，我想瘦下來。」

「那就得瘦下來了。」

「我想也是……田中先生，要吃餅乾嗎？」

「怎麼突然這麼問？」

「我昨天烤了餅乾。明明很想瘦下來……請吃吧。」

我從包包取出保鮮盒。還有幾片餅乾在容器裡笑嘻嘻的。

「薑餅人？」
「只有造型是薑餅人，不過是原味餅乾。」
「那我吃一片。」田中先生說完捏起餅乾。「嗯，好吃喔。脆脆的，烤得很好。」
「真的嗎？」
得到誇獎，我開心到聲音變尖。田中先生笑咪咪看著這樣的我。
「真的真的。剩下的我可以接收嗎？」
「當然！」
「太棒了～～今天有點心吃了。」田中先生接過保鮮盒，又拿起一片餅乾一口吃掉。「咦？剛才在聊什麼？」
「在聊經理說我胖。明明必須瘦下來，但我不知道要怎麼瘦。」
「沒錯沒錯……我從以前就是這種感覺。我也不知道要怎麼瘦。雖然也被別人說我太胖之類的，不過要是不喜歡這樣的自己，只會讓自己受傷喔。」
「我已經受傷了啦～～」
「為什麼？」
為什麼呢？我內心有另一個自己，這個自己是理想的自己。纖細窈窕，像是鈴蘋小姐那樣受歡迎的女僕。然而實際上我愈來愈圓，也沒太受歡迎。是群馬出身的打雜女僕。

「理想與現實的差距摧殘著我。」

「那妳必須和自己談談，看妳要獲得理想，還是接受現實。」

「田中先生沒被摧殘嗎？」

「這個嘛……」田中先生看向上方，總是疊成雙下巴的肥肉滑到頸部。「因為我喜歡這樣的我。」田中先生以福神惠比須的笑容看我。「到頭來，要怎麼做端看妳自己。要我肯定妳是很簡單的事，但我認為妳終究必須肯定妳自己，否則什麼都不會改變。」

田中先生這麼說。我無從回應，覺得自己是極度天真的人。

不過「肯定自己」是什麼意思？我覺得本應變得比以前重的自己身體正中央開了一個洞。明明有洞，身體卻沒依照洞的大小變輕。

「伊藤妹，麻煩第三桌點餐。」

「好～～」

我依照吩咐前往三號桌，坐在那裡的是返家的三位大小姐。高中生三人組。褐色長髮是波浪捲，瀏海往右梳。三人都是一樣的髮型，明明長相不一樣，卻因為髮型所以看起來像是複製人。

「我是伊藤妹，負責服務這一桌。大小姐，請多指教。」

說完制式臺詞，恭敬鞠躬之後，我聽到竊笑聲。這個笑聲在我抬頭的同時停止。我將夾在腋下的價目表遞出去，詢問三位是否第一次返家，得到「居然說返家耶」的嘲諷回應。「如果是第一次，那我為各位介紹本店的制度喔。」我開始介紹這間店。這些女生完全是來看好戲的類型吧，對我的每一句話或是店內的收費方式都做出誇張的反應。

「那麼，決定要點什麼之後，請再叫我過來。」

轉身離開之後，後方突然響起笑聲。和店內過於不搭的粗俗笑聲。

「啊～～我真的不行了。」

「居然也有那麼醜的女僕耶。」

「與其說醜，應該說胖？」

「那樣已經是醜肥婆了吧？」

「對對對，醜肥婆。」

「講好聽一點是小胖妹，不過說不定也有這種需求喔～～」

我假裝沒聽見，咬緊牙關。在這麼近的距離，用我聽得到的音量這麼說，她們到底對我有什麼恩怨?感覺憤怒從肚子裡產生，沿著血管一陣陣流向全身。

聽到的不只是我，周圍的女僕們也在偷笑，其他的主人們也是。笑聲成為小小的喧囂。我用力捏住圍裙。

某人輕拍我的背。轉身一看，常來的主人咧嘴笑著對我這麼說。

「伊藤妹，她們明講了耶。」

這句話將我累積至今千瘡百孔的情緒引爆。平常或許可以笑著帶過，但是店內的喧囂以及這種不經意的話語掏挖我的心。這個人實在無法理解我懷抱的心情吧。我到底，到底，到底招誰惹誰?我已經不知道自己為什麼位於這裡，為什麼站在這裡，雙腿一軟就癱坐在地。失去力氣的身體像是沒有骨頭軟趴趴的。

豆大淚珠一顆顆奪眶而出，我無聲哭泣。止不住的淚水不斷沾溼制服胸口。剛才對我說話的主人在我面前驚嚇得不知所措。這種事一點都不重要，我就只是抬頭往上看，流淚憎恨我自己。

為什麼要來到東京這種地方?為什麼沒早點察覺?沒有理由的不安差點壓垮我的那時候，要是更認真面對我自己，應該就不會變成這種結果了。離開家鄉，在陌生的場所獨自生活。即使心懷不安，能傾訴的對象也只有田中先生。

至今不曾好好做過的家事，我也勉強做得還算可以，以微薄的薪水過生活很辛苦，但我像是才離家出走不久，不想回頭依賴爸媽。僅存的實領工資自然成為餐費消失。下廚的時候可以不用思考任何事，所以我待在家的時候幾乎把時間都用在料理。便宜，分量夠，能夠填飽肚子的料理。我老是吃這種料理，店裡的員工伙食也盡量吃到撐。吃東西的時候好幸福。這樣的生活過著過著就變胖了。這是誰的錯？我的錯嗎？沒有好好珍惜自己的我錯了嗎？說起來，變胖是壞事嗎？

我再也無法思考，明明不知道自己想怎麼做，卻一直掉眼淚。要是淚水就這麼一直流，像是《愛麗絲夢遊仙境》以淚水造成大洪水該有多好。

啊啊，我想到了。變胖也無妨，我想要吃了會變大或變小的那種食物。寫著「EAT　ME」的那種餅乾，或是毛毛蟲大叔所坐的那朵蘑菇。記得往右會變大，往左會變小。我可以變大之後毀掉這棟建築物，或是變小之後找個地方躲起來。總之我想去那個神奇的國度。

面前的主人還在不知所措。好幾個女僕聚集過來，對我說話或是摸我的背。但是她們的聲音好遙遠。

「怎麼了？」

「發生什麼事？」

「剛才說了什麼嗎？」

啊，這個聲音是經理佐佐木先生。佐佐木先生今天應該也穿那套瘦身剪裁的西裝吧。拜託希望他別出來，因為那種穿著不適合這裡。

「那、那邊的女生在談論伊藤妹，我只是說她們明講了，然，然後她就……我沒有說得很過分喔！」

他拚命說明的樣子好滑稽。即使你沒這個意思，將我累積至今的情緒引爆也是重罪。

「知道了。總之帶伊藤妹到後面吧。」

我甚至沒能如願成為愛麗絲，就這麼被佐佐木先生與數名女僕扶著笨重的身體送到休息室，躺在老舊的沙發，蓋上一條被子。天花板有好幾塊住商大樓特有的神祕斑點。看著斑點的我頓時止住淚水，明明剛才突然就掉眼淚卻輕易止哭。

「伊藤妹，剛才怎麼了？」

傳來佐佐木先生的聲音。即使他這麼問，我也不知道該如何好好說明。天花板的各個斑點連線之後，看起來像是柴郡貓咧嘴露出笑容。

「那個男客人對妳說了什麼嗎？」

「……不是那個人。不，也包括那個人，可是在那之前……是被一群女生說的。」

「啊啊，那些年輕女孩嗎？」

「是的……她們說我胖，說我醜。」

我自己這麼講就沒什麼好難過的。我就是胖，我就是醜。

「不必在意這種閒言閒語。」

「可是，大家不都這麼認為嗎？都認為我胖。」

沒有回應。

「佐佐木先生昨天不是也對我說過嗎？說我變胖了。」

「是啦，我說過。不過……」

「您說過吧？但您卻要我別在意，這不是很奇怪嗎？我不需要這種溫柔。」

佐佐木先生一副為難的樣子。他對我說了聲對不起，但我並不是想要他道歉。

「伊藤妹，妳今天先下班吧。請好好放輕鬆。」

佐佐木先生不等我回應就離開了。我沒力氣動，再度獨自看著天花板。我嚮往成為女僕，大概是因為我潛意識喜歡荷葉邊的裙子，喜歡少女風格的打扮吧。我想起自己從小就喜歡《愛麗絲夢遊仙境》的題材。

愛麗絲掉進洞裡，一邊轉動一邊緩緩下降的時候，大概也有這種天花板吧。能不能也讓我的身體立刻咻一聲吸入下方，一邊慢慢轉動一邊落入某個陌生場所呢？我滿腦子思考這種事，不知何時入睡。

我在夢裡做著料理。製作特大蛋糕的我，懷抱滿滿的幸福感打好鮮奶油，抹在軟綿綿的海綿蛋糕上。抹得愈多，幸福感就愈強，最後在包裹純白鮮奶油的蛋糕上擺放五顆鮮紅的草莓，一完成就大口咬下。好甜好好吃，臉頰都快融化了。明明平常吃東西的時候會放空腦袋，在夢裡卻滿是快樂或喜悅的這種心情。一點都沒有罪惡感。

我的身體明明愈吃愈圓，體積卻愈來愈小，最後變成螞蟻那麼小。我再也吃不下，覺得自己好幸福的時候，咚咚的敲門聲使我清醒。在幸福邊界打盹的我，聽到「伊藤妹，還好嗎」這個聲音而彈起身體。

從門縫探頭的是田中先生。大概是今天已經下班，他身上不是慣例的廚師圍裙，是深藍色寬鬆運動服加牛仔褲的輕便打扮。平常的瞇瞇眼稍微睜大，擔心地看著我。

「田中先生……」

「妳還沒回去啊。」

明明經理說可以下班了，我卻在這裡熟睡，我突然覺得不好意思。我揉揉眼睛，大概是因為剛才哭過，所以眼妝剝落，睫毛膏的碎屑與眼線將指尖弄得又髒又黑。我用手指梳瀏海想遮臉，但是沿著眼睛上緣切齊的瀏海遮不住我的臉。

「對不起，我的臉很花吧？」

「是啊。」

田中先生沒在這時候客套，這份正直令我安心。「那該怎麼辦？」我露出笑容，田中先生隨即也像是鏡子裡的我般對我笑。

「伊藤妹，還好嗎？」

「休息一陣子之後好多了。我得回去了。」

「肚子會餓嗎？」

「現在幾點？」

「快七點了。」

看來我熟睡了約四個小時。店裡再兩小時左右就打烊。

我中午吃過員工伙食的蛋包飯，但是大哭大睡之後，我的身體好像掏空了，肚子發出小小的咕咕聲回應。

「看來餓了。」

「我要下班了，不過妳要吃員工餐嗎？」

「可是，我明明什麼都沒做……」

「沒關係。這一份算我的，我去做，等等拿過來給妳。我下班之後吃個牛肉蓋飯再回家就好。」

田中先生說完離開了。我輕輕放鬆身體，頓時遭受疲憊與飢餓的襲擊。好想用美食填飽肚子。我回想起剛才做的夢。

自己做飯吃的時候，糖、鹽以及奶油都會放多一點，口味調得比較重。因為我覺得愈是讓舌頭麻痺，大腦恍惚，愈能遠離討厭的事情，遠離這個現實。相對的，罪惡感也像是隨後跟上般誕生。在晚上就寢之前或是吃完東西之後，「為什麼吃這麼多？不是又會變胖嗎？」的想法襲擊而來，化為恐懼壓在我身上。

我有辦法掙脫出來嗎？這就是田中先生說的「承認自己」嗎？

我再度仰望天花板。斑點依然在那裡，肯定不會消失，會一直位於那裡吧。

休息室角落的小櫃子裡，擺著我的衣服與包包。我拖著精神上與實際上都沉重的身體，從包包取出手機打開ＩＧ，發現鈴蘋小姐的限時動態圖示周圍發出紅光。

和ＩＧ的普通貼文不同，是二十四小時就消失的貼文。點選開啟一看，鈴蘋小姐正在回答追蹤者的問題。畫面顯示的小方塊裡有輸入欄，在這裡輸入問題傳送之後，她會挑選幾個問題在限時動態回答。

我也來問問題吧。即使沒得到回答，我覺得在這裡寫點東西或許能讓心情舒暢一些。輸入的內容記得只有鈴蘋小姐的帳號才能確認。

我在小小的文字欄輸入這段話。

『明明別人說我胖了，我卻瘦不下來。我該怎麼做？』

或許她會說不關她的事，放話說這是自我管理的問題。我差點被這種恐懼襲擊，但是如果她願意回答，光是這樣我就會非常開心。

我按下傳送鍵，檢視鈴蘋小姐已經回答的問題。喜歡男友到不想和他分開怎麼辦？今天午餐吃了什麼？今天休假嗎？明天穿的衣服是怎麼選的？沒幹勁求指點。即使是平凡無奇或一點都不重要的問題，鈴蘋小姐也不是只以一句話帶過，而是附上可愛的照片以詳細字句回答。與其說她身為女僕很優秀，我覺得她身為人類很優秀。果然是我崇拜的女神。

每次點擊，就接連出現各種問題的回答。最新問題更新了。是我問的問題。我頓時停止呼吸。沒想到她真的回答了。文字欄顯示我剛才傳送的內容，下方是鈴蘋小姐回覆的訊息。我一開始害怕看回應，將我剛才傳送的問題看了好幾次。

明明別人說我胖了，我卻瘦不下來。明明別人說我胖了，我卻瘦不下來。明明別人說我胖了……

看著看著，畫面回到ＩＧ的首頁。在限時動態看太久會跳到下一則發文，所以我連忙再度點選鈴蘋小姐的圖示回到剛才的頁面，朝著畫面點擊再點擊，捲動和裁切線一樣多的限時動態畫面，然後回到我的問題。

『聽到別人說自己胖了，想瘦卻瘦不下來的這時候，其實很滿意這樣的自己吧？我在別人叫我減肥卻減不下來的時候，內心某處也會覺得乾脆別管了。總是等到裙子穿不下，覺得不太妙的時候才會動起來吧。我也一樣喔。』

我滿意這樣的自己嗎？我來到東京才三個月，但是關於進食行為以及逐漸增加的體重，我確實肯定自己至今。因為就是有壓力啊，就是會不安啊，吃東西會讓心情好啊，所以變胖是沒辦法的吧？大家都這樣，這是沒辦法的事。我想要對自己這麼說，肯定我自己。因為周圍不肯認同。

啊啊，我是喜歡這種自己的天真鬼。

「完成了喔～～」

田中先生帶著又香又甜的奶油味道進入休息室。他手上捧著一大盤明太子義大利麵。桃色的義大利麵，看起來亮麗又好吃，令我忍不住感嘆。

「好香。」

「妳很餓吧？」

我道謝之後說聲「我要開動了」，以叉子捲起義大利麵享用。煮得彈牙的義大利麵與明太子的顆粒口感在口腔迸開，由香甜的奶油包裹，這一切都滑溜溜地吸入喉嚨。

「伊藤妹的吃相真棒。」

吃相得到的誇獎，感受到美味的這份幸福，細細品嘗美食的這一瞬間，都是我在日常生活特別喜歡的東西。而且，做料理真的很快樂。發生難受的事情時，這一瞬間會因為悲傷與不安而差點窒息，不過製作與享用料理的喜悅可以沖淡這一切。他人不肯認同這樣的我，真的很挫折。

不過，並不是所有人都站在否定的立場吧。

「真的好好吃！」

「聽妳這麼說，我好高興。」

自己做的料理被稱讚，田中先生看起來好高興。高興的話語與笑容，也讓這盤義大利麵變得更美味。

「田中先生。」

我吞下義大利麵之後，看向田中先生。原本感覺陰暗的這個房間，現在看起來明亮多了。

「我……要不要辭職算了？」

「咦？」

田中先生的眼睛張開到至今最大的程度，像是一圓硬幣的雙眼使我忍不住笑了出來。我笑到差點喘不過氣，田中先生狼狽不堪，像是愛麗絲的白兔一樣慌張，一直重複「為什麼」三個字。

「我喜歡吃東西。我想瘦，但應該不是現在。雖然沒辦法斷言喜歡現在的自己，卻喜歡把吃東西當成一種幸福的自己。」

「所以？」

「所以，要是待在這裡，我覺得很緊繃。」

不是制服緊繃的意思喔。我補充說明之後，田中先生的眼睛從一圓硬幣回復為福神惠比須的表情。

「這種想法或許很天真，但您覺得呢？」

「這樣啊。少了妳會很寂寞喔。」田中先生說。「女僕們都是好孩子，不過只有妳和我這麼要好。少了無話不談的孩子，我會寂寞的。」

「我也是。雖然時間不長，但是田中先生幫了我很多。謝謝您。」

「不用道謝啦。啊，義大利麵趕快吃吧，不然會冷掉。」

「真的耶！」

義大利麵開始變硬，我連忙以叉子攪開送入口中。即使稍微變涼，濃郁的奶油與明太子味道也讓我幸福。

「啊～～想到再也吃不到這個，辭職的想法就動搖了。」

「那就別辭職啊。話說只要妳來店裡，隨時都吃得到就是了。我只要沒被開除就會一直在這裡。」

「因為是小精靈啊。」

「沒錯，因為我是料理小精靈！」

想到今後無法像這樣拌嘴說笑，我還是覺得寂寞。不過，我已經決定離開這裡。在東京尋找最能讓我活得舒適的場所吧。

打開秋葉原住商大樓四樓這間店的木門一看，大概因為還沒開始營業吧，店內鴉雀無聲。

「您好。我是來面試的，我是伊藤。」

一名男性從深處快步跑來。牛仔褲的輕便外型，不知道是自然捲還是追求時尚而燙捲，留長的捲髮綁成一束。感覺是易於相處的人。

「啊，伊藤小姐？」

「是的，我是伊藤。之前投履歷申請面試。」
「好的好的。我是經理朝永。那麼，坐這裡面試吧。」
朝永說著幫我拉椅子。我道謝之後坐下。
面試內容很單純。問我想在這間店工作的理由，以及至今的打工經歷等等。面試在和樂的氣氛下順利進行。
「伊藤小姐，如果請妳來上班，什麼時候可以開始過來？」
「明天就可以過來。我想要馬上開始工作。」
「這樣啊這樣啊，感謝妳，不過……」
至今笑著聽我說話的朝永先生，表情開始變得不對勁。他深鎖眉頭，食指抵在下顎。
「伊藤小姐身高是一五四公分對吧？這麼問或許很失禮，但妳現在的體重是多少？」
「那個……」
「啊，如果是敏感話題，不必勉強自己說喔。」
「不，沒關係。我現在五十九公斤。」
「啊～～果然是這種程度。」
「請問體重怎麼了嗎？」

朝永先生抵著下顎的食指改成按在嘴巴，輕輕敲著節奏。

「有點啊，這方面有點問題。體重有點不夠。」

「體重不夠嗎？」

我不禁反問。

辭職至今一個月，我尋找各種店是否有職缺的時候，有人介紹最適合我的場所，就是這間「胖妹女僕咖啡廳澎澎」。可以盡情吃東西，也可以當女僕。這裡就是這樣的場所。

「一五四公分的標準體重大概是五十二公斤。我們這間店要ＢＭＩ25以上才能來上班。妳想達標還要一公斤。講得貪心一點，能夠到六十五公斤最好。」

「意思是我可以再胖一點嗎？」

「當然。現在這樣甚至有點不夠胖。」

這間店好像是以女生的體重分級。分成胖胖、棉棉、肉肉、澎澎等四級。我現在的體重距離最低階的胖胖還差一點。

辭職之後，我明明輪流住在老家與東京的家，恣意吃喝胖了八公斤，居然說我現在的狀態不夠胖。

「如果要來上班……」

「就儘管把自己吃胖吧！來店裡的客人大部分都不是為了自己吃東西，而是讓大家吃東西，所以如果只差一公斤，妳開始上班沒多久就搞定了。」
「真的可以更胖嗎？」
「當然。因為我們就是這種主題的咖啡廳。」
「我會多吃東西胖起來！」
「讚喔，那請妳明天開始上班吧？」
「請多指教！」

回家路上，走在荒川岸邊的我腳步好輕盈。身體很重就是了。只要踩起小跳步，腰部的肉就慢慢頂到鬆緊帶裙子的上緣。即使覺得麻煩，我依然繼續踩著小跳步。

我取出手機，點選通話紀錄最上面的電話號碼。鈴聲響了幾次之後，傳來讓我放鬆的聲音。
「伊藤妹，怎麼了？」
「我要去田中先生介紹的那間店上班了！」
「喔～～！那太好了，恭喜！」

「不過，我體重不夠，所以經理要我再胖一點喔，我最近好像瘦了。」

「這事情很大條喔！」

電話另一頭響起豪邁的笑聲。

「我必須再胖一點，所以下次請做大份的明太子義大利麵，奶油要加倍！」

「那麼，慶祝伊藤妹找到打工的地方，我就特別做給妳吃吧！」

太棒了～～！我的歡呼吸入湛藍的天空。像是水彩的這片天空，我明明以往不太喜歡，今天卻感覺特別清爽。

「一言為定喔！」

視野充斥綠色。淺綠色、深綠色，即使總稱為綠色，大自然打造的深淺對比也鮮豔得令人驚奇。尤其在這個炎熱季節會增加密度，彷彿在主張自身的存在。每次起風，濃郁的翠綠香氣與遠方樹木的喧囂聲就迎面而來。筆直延伸的田間小路，湛藍的天空默默俯視整理成方形的景色，只有令人感覺天空變近的積雨雲緩緩流動。

這是在枯燥乏味的鄉村度過的暑假。不知道今天騎腳踏車可以前往多遠的地方。只有像這樣不斷往返，才能消化自己心中不斷累積無法宣洩的心情。這是我十五歲的夏天。

雖然被問到考試準備得怎麼樣，被要求好好用功，但是不必這麼認真唸書，我的成績好歹足以考進這座小鎮唯一的高中。我自己最明白這一點。

嫩綠的稻穗整齊排列連綿不絕。對於騎著腳踏車的我來說，只不過是在視野一角稍縱即逝的綠光。

我踩了好久的腳踏車。白色T恤緊貼肌膚，用力擰應該會滴下許多汗吧。我只在這個夏天晒得黝黑。

渴了，喝點涼水吧。如此心想的我，再度用力踩下一度停止的踏板。惰性轉動的車輪像是復活般發出喀啦啦的聲音。

腳踏車前進的方向有一條小溪。溢出的湧泉沖走碎石成為小溪，注入灌溉田地的渠道。天然的溪水清澈美麗，即使在夏天也冰涼美味。

累了就在這裡乘涼，痛快喝水之後再度騎腳踏車。我的暑假每天只重複這種生活。

但是，今天不一樣。小溪起點的湧泉處有一名女性。身穿短袖開襟襯衫與淺藍色長裙的她，將黑色長髮撩到耳後，蹲在溪邊不知道在做什麼。

我停下腳踏車，在附近樹木後方觀察她。

女性洋溢著比我大三到四歲的年長氣息。背部纖柔，從襯衫延伸的修長手臂與彎尖的手肘充滿女人味。長長的頭髮在陽光照耀之下反射光環，耀眼到令我瞇細雙眼。她那樣頭頂應該很熱吧。

女性在溪邊專心吃著桃子。

桃子大概是預先泡在湧泉降溫，她不時露出吃得冰涼的表情，看著下方啃桃子。
看起來熟透的那顆桃子，她露出貝齒大口咬下，果汁隨即從嘴角溢出，沾溼臉頰、手臂與下巴。每當果汁溢出口腔，她就露出恍惚的表情，同時眉心也顯露出不想弄髒頭髮與衣服的內心糾葛。
流到手肘的果汁滴入小溪，還沒激起漣漪就被沖走。
女性俐落轉動桃子吃。偶爾差點從手中滑落時，女性就重新握緊桃子。每次握緊，手指就插進柔軟的果肉，陷入桃子的指尖莫名誘人。
躲在樹木後面看著她，不知為何會覺得自己在做一件不該做的事。我嚥了一口口水，走出樹後，前去喝湧泉水。
「妳好。」
這名女性至今朝向下方的雙眼，第一次完全睜開。
她愕然注視這裡，我清楚看得見她雙眼深處的瞳孔收縮。呆呆張開的嘴以及沾到桃子果汁的嘴角，明明直到剛才都洋溢魅力，卻突然變得孩子氣，真有趣。
女性以更勝於外表的沉穩聲音回應「你好」，以還沒晒紅的手臂擦拭嘴角。
我假裝沒看見她的動作，默默喝水。其實包括沾滿汗水的T恤與流汗溼透的腦袋，我都想一口氣沖個痛快，但冰涼溪水裡的竹簍放著應該是她帶來的桃子，好幾顆桃子浮在水面。

「你是這裡的孩子？」

女性將最後吃剩的桃核扔進嘴裡，撐起單邊臉頰這麼問。大概是因為桃核很大，不自然鼓起的臉頰像是松鼠。不時傳來桃核撞到牙齒的喀喀聲。

我緩緩點頭。

「這裡是清靜的好地方。只有大自然的聲音。」

「不過什麼都沒有。」

我以T恤衣襬擦拭溼透的嘴角，我自己流的汗還留在臉上。

此時，女性將沾到果汁的手掌與手臂泡進溪水慢慢洗淨，然後以裙襬擦拭自己溼透的手。接著她從口袋取出小花刺繡的棉質白手帕遞給我。

「用這個擦嘴吧。」

這麼說的她，身上水藍色的裙子只有沾到水的部分成為深藍色。

我默默接過手帕，按在嘴角。手帕靜靜吸收水珠，只留下些許鹹味。

「謝謝。」

「不客氣。因為剛才不檢點的模樣被你看見了，要保密喔。」

女性豎起食指擺姿勢的身影，看起來像是慢動作播放，我感到一陣暈眩。不知道是強烈的陽光刺激雙眼，還是濃郁的綠意陶醉內心，也可能是中暑。我不清楚。但我只確認一件事，就是我的身心都被不明的要素攪亂。

女性嬌滴滴一笑，從溪水撈起竹簍裡的冰涼桃子，若無其事擺動長裙離開。我什麼都做不了，就只是呆站在原地，看著她長長的頭髮與裙襬。

再度將手帕拿到嘴邊，感覺直到剛才都不存在的成熟桃香蘊藏在其中。

我後來得知，那名女性是暑假來到鎮上的都市人。那種程度的小鎮只要外人來訪，情報轉眼就會傳開。

在那之後經過二十年，我沒能把當時的手帕還給她，至今依然帶在身上。小心翼翼收藏在袋子裡。

偶爾受到無法言喻的寂寞襲擊，感覺到從內側洋溢的人類本能時，我就會從袋子取出手帕來聞，如同要將味道滲透全身。雖然從來沒洗過，但我覺得手帕永遠散發濃郁的桃香，得以平復內心。

我認為人們擁有各種癖好。那天之後，我開始對吃桃子的女性感受到異常的癖好。不過，對象不是將桃子工整切塊放在容器優雅享用的女性，而是深深烙印在腦中，那年夏天所遇見露出貝齒啃食桃子的女性。嘴角溼透，手指陷入果肉。光是想像那一幕，我就興奮到筋骨顫抖。

不過，會以這種方式吃桃子的女性很少見。我好幾次看見孩子們在公園或河岸吃桃子的模樣，但我只覺得很可愛。

果然必須是成熟到恰到好處的女性才行。

將這種癖好告訴旁人，也難以獲得共鳴。因為那年夏天所看見，女性低頭貪婪吃桃子的模樣，只留在我的記憶裡。

所以我每次和女性交往，就會懷抱些許期待買桃子回去。任何人都好，我期待有人大口啃食桃子給我看。

晚餐已經大致收拾完畢，再來只要坐在沙發放鬆，等洗澡水放好就行。就像是要填補中間的空檔，我站在廚房削桃子。

我和丈夫結婚滿五年，包括交往的時期，我們已經攜手共度八年。每年到了夏天，丈夫就會經常買桃子回來。我也愛吃桃子，他也說他愛吃桃子。話是這麼說，不過每次吃完就說「我買回來了」拿桃子給我，一般來說都會吃膩。

老實說，到了桃子的季節，我的心情就有點低落。

我愛丈夫。他有優點，也有缺點，但我覺得自己可以擁抱他的一切，和他一起邁向未來，所以決定和他結婚。我希望他也是這麼想的。不過，只有一件事總是令我發毛，就是他對於桃子的執著。

我很清楚他愛吃桃子，但他會目不轉睛看我削桃子。不發一語默默凝視。

這雙視線隱約帶著淫氣，不時透露瘋狂般的氣息。甚至曾經看得太認真，沒發現自己流口水。

我無法接受丈夫的這一面，八年來一直無法接受。

我朝著桃子中間的凹線刺入菜刀，然後轉動。聽得到桃核連結果肉的纖維發出噗吱噗吱的聲音扯斷。我喜歡聽這個聲音。菜刀轉動第二圈，第三圈，聲音逐漸消失。

丈夫買回來的桃子都不是生的，是接近完熟的成熟桃子。所以朝桃子下刀之後空手轉動再對切的工作需要非常小心。要是用力過度，成熟的桃子會輕易捏壞變形。

輕輕握住桃子，試著慢慢使力。今天應該可以比想像中還順利切成兩半。即使如此，緩緩施力的手還是擠出少許果汁，沿著指尖滑到手臂。

視線不經意朝向丈夫，他屏氣凝神，雙眼追著汁液跑。

我假裝沒看見，專心將桃子對切。拆出來的其中一半帶著滿布纖維的桃核，另一半中間是空的。

我以取下酪梨核的要領，利用湯匙順利挖掉桃核之後，丈夫開口了。

「知道桃子哪裡最好吃嗎？」

我搖搖頭。「不是果肉嗎？」我這麼回答。

「不是。桃子最好吃的部分在桃核。桃核周圍的纖維與果肉最甜最好吃。」

「要吃嗎？」

「桃子是妳切的，所以最好吃的部分給妳吧。」

我喜歡在嘴裡滾動酸梅核。小時候，我會在嘴裡仔細咬下酸甜的果肉，享受外露的酸梅核，將滲入其中的梅子味吸光，最後再用力咬碎外殼，吃掉外露的柔軟部分。這就像是專屬於我的祕密行為般特別。

不過，桃核可以嗎？不同於酸梅的核，好大一顆。放進嘴裡應該不好看吧。

無視於猶豫的我，丈夫的視線帶著熱度。看來不是給我吃，而是叫我吃。我以依然被果汁沾溼的手，戰戰兢兢將剛取下的桃核放入口中。桃核果然比想像的還大，我不知道該收在口腔何處而為難。

「好吃嗎？」

「好大顆，吃不太出來。」

每次說話，在嘴裡滾動的桃核就撞到牙齒，發出喀喀聲。我對此實在感到不好意思。好不容易收進臉頰內側平靜下來之後，我一邊細細品嘗，一邊繼續切桃子。

變得柔軟的桃子，只要菜刀貼上去就可以輕易削掉外皮。不會像蘋果或水梨那樣削掉太多果肉所以很放心。我仔細削掉外皮，將果肉切成方便入口的大小。

口腔充滿桃子的甜味，甚至光是這樣就滿足了。

切好的果肉放進玻璃容器，拿到餐桌。桃核依然留在我的嘴裡。

錯失拿出來的良機，依然在嘴裡滾動。

「一直放在嘴裡，感覺變得更甜了。」

丈夫露出滿意的笑容，注視我含著桃核說話的臉。

他緩緩起身，走向站在廚房的我。輕輕觸摸含著桃核的臉頰，確認臉頰的鼓起。奇妙的感覺竄過背脊，我一陣發毛。他以手掌包覆我的下巴，催促我張嘴。

我聽話放鬆下巴，丈夫的手指隨即進入口腔。不同溫度的物體突然闖入，我的舌頭頓時收縮緊繃。手指慢慢在口腔攪動，碰到收在臉頰內側的桃核。這一瞬間，丈夫像是發現最珍貴的寶物，眼睛散發閃亮的光輝。

輕輕拔出來的桃核沾滿唾液，實在稱不上美麗。桃核凹凸不平的表面，留著沒在我嘴裡吃光的細小纖維。總覺得看起來像是某種恐怖生物的幼蟲。丈夫小心翼翼將桃核放在手心觀看，表情像是第一次抓到蟲的少年。
「怎麼了？」
丈夫對我的聲音起反應，感覺他回復為成年男性了。他朝著我和善微笑，說聲謝謝之後溫柔摸我的頭。
他就這麼進入書房消失身影。
我和他在一起八年了，卻第一次經歷這種事。或許是他內心蓄積的某種東西在今天滿溢而出。我對此感到害怕。丈夫在桃子、在桃核看見了什麼？此外，從我嘴裡取出的桃核，他要用來做什麼？
丈夫回來之後，手中已經沒有桃核。表情莫名愉快的他，撥起我的瀏海親吻額頭。接著他牽起我的手，將臉湊過去深呼吸，像是要讓空氣循環全身般，聞我手上的味道。
好一段時間，室內只響起「嘶～哈～嘶～哈～」的呼吸聲。閉上眼睛以全身感受味道的丈夫如同動物。
「老公，怎麼了？」
「我喜歡桃子的香味。」

「香味……」

「我喜歡桃子香味的女人。」

我只簡短回應「這樣啊」。他像是要將香味擦進鼻腔般一直聞。辛苦削好的白桃開始變成淡褐色，我看著這段變色的過程。

調整好呼吸的丈夫，換個眼神注視我。他輕聲道歉，然後靦腆地說「那麼來吃吧」坐在椅子上。

切成一口大小的桃子，一塊塊送入丈夫的嘴。每次咀嚼，我就抓不到我和丈夫的距離。我們之間究竟是遠是近？是否理解彼此？

大概是丈夫的性癖好吧，我隱約感覺他的怪癖和桃子有關。他第一次這麼積極採取行動，老實說我不知所措。不過，內心的某個自己也全盤接受。

這到底是怎麼回事？

那時候，我一直聞著妻子手上的味道。她整隻手散發成熟甘甜的桃香。我抓著她的手，試著想起那年夏天的記憶。從鼻子進入的氣味緩緩刺激大腦。

那一天，其實我不是想在樹後，而是想近距離看那名女性貪婪吃桃子的模樣。但是我做不到。我對此感到懊悔，打從心底懊悔。

我不知道。

如果妻子站在廚房流理臺前面啃桃子，我會再度愛上她嗎？

妻子的背影酷似那天遇見的女性，我因而被她吸引。手肘偏尖的特徵令我想起內心的憧憬。我說我喜歡長髮，她說既然我喜歡就為我留長，一直留著一頭長長的黑髮。

剛才從她口中取出的桃核。我也詫異自己剛才為什麼突然聊起桃核的話題。我一直想要那名女性放入口中的桃核嗎？妻子鼓著臉頰說話時，臉型不自然地歪斜扭曲。我感覺到她因為意外的物體從內側擠壓口腔而不悅。即使如此，她依然細細品嘗桃核，這樣的她明明嫵媚卻也純真可愛。

她令我覺得，並不是只有工整對稱的物體才美麗。桃核在她嘴裡以無法預測的方式蠢動。光是這麼想，我內心的愛意就強烈到好想抱緊妻子與那顆桃核。

當時我將手指插入妻子的嘴，想要取出桃核。突然插入的手指使她舌頭瞬間僵住，卻隨著唾液火熱纏上指尖。光是食指還不夠，我將拇指也插入時，妻子的臉更加扭曲。

如果也對那時候的女性這麼做，她會以什麼表情看我？

沾滿唾液，被房內燈光照亮的桃核，感覺是來自妻子最特別的禮物。我目不轉睛看著桃核，前往自己的書房。

微暗書房深處的書桌，從上方數起第三個抽屜裡，收藏著那名女性給我的手帕。我將那條手帕小心翼翼裝在袋子裡。手上這顆帶著溼氣的桃核，我想以同樣的方式收藏在那裡。

此時，我忽然停手。我決定改為收藏在書房書櫃上的空瓶裡。將桃核放進透明玻璃瓶，桃核發出細微的撞擊聲落入瓶底，在微暗之中也散發光芒。

回到客廳，妻子將切好的桃子放在桌上，依然站著等我。睫毛朝向下方形成的長長影子，雖然和那年夏天看見的不一樣，卻激烈攪亂我的心。

我抓起妻子的手，像是確認般再度聞味道。

「那麼來吃吧。」

妻子不發一語接納我，我忍著想要表達感謝的心，露出微笑。

坐在只有兩張的椅子，隔著餐桌面對面。妻子削好的桃子切成一口大小，附上金色的叉子。我拿起比我手掌小很多的叉子，叉起桃子，確認果汁稍微溢出，送入口中。

熟透的桃子輕易在嘴裡化開，只是一瞬間的事。女性削桃子的模樣使我的慾望稍微獲得滿足。妻子以溫柔表情看著我吃桃子的嘴。

我們夫妻睡同一張床，從結婚之後就沒改過。丈夫晚下班的日子，我會自己先睡，不過早上起床看得見丈夫在身旁的安心感，使我每天醒來就心懷感謝。謝謝他今天也陪在我身旁。

丈夫偶爾會去某個遙遠的地方。不是身體，是心。希望他至少讓身體待在我伸手可及的地方。我如此強烈祈求。

今天早上，我醒來的時間比平常早很多。大概是因為昨晚那件事吧。只要是和桃子相關的事情，就會攪亂的內心，我對此感到不安。

我們睡覺的時候，會讓手臂的一部分相互緊貼。但願能從接觸的部位感受彼此，理解彼此。

我輕輕翻身以免吵醒丈夫，看著他依然閉著雙眼沉睡的側臉。稍微變長的鬍子，肌膚發紅的毛孔。短短的睫毛，睡到出汗而反光的額頭。隱約傳來的平靜呼吸使我感覺到，啊啊，這個人正在睡覺。

大概是在做夢，眼珠偶爾在閉著的眼皮底下轉動，我看在眼裡也覺得可愛。你在做什麼夢？願意告訴我嗎？

沒出聲叫他，就只是定睛注視他的這段時間，我感到幸福。

丈夫每次呼吸，腹部就上下起伏。毫無防備的脖子。脈搏每次跳動都將皮膚往上推。我試著將手放上去。自己的手心下方，感覺得到丈夫的生命。毫無防備的規律脈動，使得我想朝手心使力。如果在這時候以全身體重壓上去掐住，丈夫會以前所未見的表情看我嗎？這將是我所激發的特別表情。

使力按住一陣子，丈夫就會無法好好換氣而亂了呼吸吧。受到壓迫的頸動脈也無法規律脈動。他會睜開眼睛瞪我嗎？還是以滿懷愛情的眼神看我？

想到這裡，我察覺自己完全忘記呼吸。我輕輕吐出累積的二氧化碳，配合丈夫的脈搏調整呼吸。

他會醒過來，轉身朝向我嗎？

丈夫輕哼一聲之後翻身。稍微過寬而令他在意的肩膀與背部朝向我。即使隔著睡衣也看得出他身體有點鬆弛，不像年輕時那麼結實。我也好不到哪裡去，感覺這是兩人時間的蓄積。因為我們吃著一樣的食物，過著一樣的生活。連逐漸鬆弛的這具身體都令我憐愛。

我不經意發現，從後腦杓短短髮際露出的耳朵變紅。大概是血液過於集中，耳背是深紅色。

耳朵連接頭皮的部分形成一條皺摺，這條線吸引我的目光。從內側染紅的模樣彷彿是桃子。絕對不算厚，薄薄的一層皮。不過，身體的一部分酷似丈夫喜歡的桃子，使我感到憐愛。而且這部分位於他應該沒察覺的場所。

只有我知道。

我慢慢撫摸皺摺。指尖碰觸到細嫩的汗毛，不同於桃子的柔軟細毛。我閉上眼睛回想桃子。下刀前，為了確認刀尖切入的位置，我以指尖撫摸桃子的凹線。我想起這件事。摸第一次，腦中想起纖維斷裂的聲音。摸第二次，菜刀刺中桃核的感覺在指尖復甦。丈夫再怎麼喜歡桃子，應該也不知道這種觸感吧。他不會自己削桃子。

丈夫發出低沉的聲音，轉向我這邊。專屬於我的特別部位輕易離開我的手。

丈夫稍微睜開眼睛，以依然惺忪的表情看我。不成聲的話語在口中嬉戲。看到這副模樣就覺得男性不管幾歲都像個孩子。

我輕輕將手放在他頭上，告訴他還可以繼續睡，他隨即開心微笑。這張笑容是我知道的表情。

我在內心呼喚丈夫。他不可能聽得到，再度閉上雙眼開始深呼吸。

丈夫在想什麼？感受到什麼？我不知道他的一切。他也不知道我的一切。

例如我眼睛上方的小傷是怎麼來的，或是丈夫的小指為什麼稍微彎曲，如果沒告訴彼此，我們就不知道原因。今後永遠不知道。

夫妻也是各自獨立的個體。有些事可以相互理解，有些事不可以。像是對答案般相互磨合也有極限。我們應該是很早就放棄這項作業。

「為什麼？」的想法沒有成為疑問留下，而是當成理所當然般接受。丈夫對桃子的異常執著，以及收藏在抽屜的白色手帕，我都沒有打破砂鍋問到底。他只要是他就好。攜帶的物品，身上的衣物，說出的話語，這一切打造出我的丈夫。只要接受這個事實，就不會在意小小的疑問，能以平常心度過每一天。

我也一樣，有一些不能告訴丈夫的小祕密。剛才在丈夫身上發現酷似桃子的部位也是，我大概不會說出來吧。

蓋同一條棉被，身體一起逐漸暖和。從腳尖到指尖。每天在被窩裡起床、就寢，度過共同的時間。不知道我們的關係是否和桃子一樣有保鮮期。

維持現狀吧。若無其事讓兩人關係熟透，完熟到腐爛吧。我許下這個願望，再度閉上雙眼。

「喔，如何？這樣ＯＫ嗎？」

戴著銀框眼鏡的男性揮揮手。

「不確定。線路應該已經接通了，攝影機不是有亮燈嗎？」

「啊，ＯＫ了。你們好～～各位晚安。好啦，都過來吧，不然拍不到。」

眼鏡男招手之後，戴帽子的男性坐下。

「各位晚安，我是阿Ｍ。」

自稱阿Ｍ的男性扶著帽簷鞠躬。他五官端正，嘴巴右下角有顆痣，令人印象深刻。

「不可以先講名字吧？等大家到齊才行。」

「啊啊，抱歉抱歉。」

帽子男合起雙手作勢道歉。一名壯碩的男性坐在眼鏡男旁邊。看起來就沉默寡言，散發穩重的氣息。

三名男性圍著正中央的圓矮桌而坐。

「晚安，我是魯沛。」

「我是阿M。」

兩人微微舉手自報姓名時，坐在最右邊的壯碩男性坐著不動。兩人立刻轉頭相視。

「這位大個子是大熊。」

介紹之後，三人一起低頭致意。

男性們的外型與服裝都不一樣。他們在室內。大概是公寓的其中一戶吧。三人背後是紅色沙發與各種顏色的抱枕。中間是圓矮桌。牆壁是純白色，公寓常見的牆壁。不過鏡頭範圍沒有窗簾與窗戶。

先開口的是戴眼鏡的魯沛。

「那個，今天難得開了一次直播。」

「因為最近沒開，才會覺得隔了很久吧？各位最近怎麼樣，有沒有發生什麼有趣的事？」

這個問題是朝著鏡頭問的，不過阿M無法克制想講話的衝動，一開口就說個不停。魯沛與大熊斜眼看著這樣的他。

「我之前去當了一日店長喔。謝謝當時光臨的各位，玩得很開心喔～～」

阿M揮手向觀眾示好。他在三人之中最愛講話，算是吉祥物。

「我不太懂一日店長要做什麼，不過阿M你當得了店長？」

大熊也點頭同意魯沛這番話。

「可以喔。我也做得到。」

「具體來說要做什麼？」

「改天我會上傳影片，總之就是在收銀檯站好，把同事摺好的衣服交還給客人。」

「等一下。既然這樣，你沒做最重要的摺衣服工作吧？」

「……確實。」

大熊開口附和，但阿M像是打斷他般說下去。

「交貨的時候有和客人聊天啦。對吧各位？」

「開始有觀眾留言了喔。」魯沛看著手機畫面對觀眾說。大熊的話語沒能傳達給任何人，就這麼飄走了。

「『阿M，帽子很適合你喔。』『我買了和阿M同款的帽子。』『那頂帽子哪裡買的？』阿M、阿M、阿M……大家都在說阿M耶。」

「好了好了，這也沒辦法吧？喔，有人問帽子哪裡買，問得很好喔。是的，這是之前辦活動做來賣的精品，不過下次會開網購，大家一起戴吧～～」

阿M朝著鏡頭繼續宣傳。許多觀眾的留言從畫面右邊捲向左邊。

大熊靜靜注視魯沛。察覺視線的魯沛說著「原來如此」張望四周，大熊緊繃的表情隨即放鬆，暗藏玄機般看向前方。

「阿M，宣傳到此為止，進行今天的企劃吧。」

「啊啊，對喔。今天大熊提供企劃過來。好像是發現了有趣的玩意。」

「我偶爾也會帶企劃過來的。」

大熊表情不變。

「所以，是什麼企劃？」

大熊寬大的背部轉向鏡頭，在袋子裡翻找東西。他的動作只在瞬間停止，接著立刻繼續動起來，從灰色袋子取出一個物品。魯沛代為唸出上面的文字。

「真心話高湯鍋。」

常見的湯底冷凍包。黑色包裝以大大的白色文字印著「真心話高湯鍋——黑暗火鍋組合——」。誇大的字體透露派對用品的廉價感。包裝上沒有火鍋照片，只有文字浮現在黑色之中。

「喂喂喂，這是什麼？」

阿M迅速從大熊手中搶過湯底。魯沛靜靜起身前往某處。

「真心話高湯鍋的湯底。聽說用這個做成火鍋吃下肚，什麼祕密都敢說。」

大熊的低沉嗓音相當響亮。他被稱為「熊」的原因，應該是體型、聲音與表情都有熊的感覺吧。聽他以穩重模樣平淡這麼說，就覺得具備說服力。

「真的假的？」

阿M有點懶散地問。大熊回復正經表情，注視湯底。此時魯沛拿著鍋子回來。

「不知道真假，所以試試看吧。無論是真是假，以題材來說都很有趣，所以我覺得沒差。」

魯沛一邊這麼說，一邊拿穩鍋子慎重前進。像是要避開地上的雜物，確認踩穩之後再尋找下一步要踩的位置。

灰色的砂鍋終於放在桌上，響起「咚」的聲音。「瓦斯爐呢？」聽到這個問題，魯沛連忙從深處取出卡式瓦斯爐。

「好，這裡有鍋子。要煮的東西是……」

「咦，這樣是普通的火鍋吧？不是黑暗火鍋嗎？」

「上面寫黑暗火鍋，但是這部分應該不重要吧？」

「可是這樣沒氣氛啊，氣氛。」

「到頭來還是得開燈吃，所以根本不算是黑暗火鍋吧？」

「啊，對喔。」

阿M發出認同的聲音。

魯沛開始說明火鍋料。白菜、青蔥、紅蘿蔔。菇類有鴻喜菇、金針菇以及香菇。再來是豬肉片。

「菇類不會太多嗎？」

「沒關係吧？」

「我想吃菇類，才會請他買的。」

「啊，原來是大熊要求的。那就沒辦法了。沒買牛肉也是因為這樣？」

阿M以桌上的長筷夾起豬肉，薄到像是可以隔著肉片看見臉。

「欸，這肉片，我好像看得見另一邊耶？牛丼店的肉都比這厚。」

「怎麼可能啊。」

阿M將肉湊向大熊的臉。「唔哇真的耶！看得見大熊的臉！」他開始搞笑，還說用吹的好像就能吹走，朝著高舉在大熊面前的肉片吹氣。薄薄的肉片輕盈飄揚。

「這也沒辦法吧？採買清單寫到肉，我就去買了。想說只要是肉就好。」

「咦～～並不是哪種都好吧？魯沛，你自己吃火鍋的時候都吃這麼薄的嗎？會吃更厚的吧？就算是吃涮涮鍋，也肯定會買更厚更高級的肉喔。你就是在這種細節小氣。」

「抱歉啦。聽你這麼說就覺得沒錯，但我買的時候沒想到。好了啦，重整心情來吃火鍋吧。」

大熊捲起袖子，輕聲說「要開了」，打開真心話高湯鍋的湯底包倒入鍋中。液體是清澈的琥珀色。打開卡式瓦斯爐的開關，發出「啵」的聲音點火。藍色火焰將鍋底燒熱。

三個男人不發一語注視緊閉的鍋蓋。場中一片沉默。

「等等，誰來講幾句話好嗎？」

阿M這句話令所有人笑出聲，緊繃的氣氛緩和了。

「我擔心水燒開之後溢出來。」

「哎，我能理解這種想法。我原本以為魯沛會講話。」

「因為這是直播啊，如果有後製就會剪掉。」

在這段期間，火鍋也繼續發出小小的聲音熬煮。

「吃這種東西，真的會說出真心話嗎？」

「阿Ｍ不相信？」

「因為，這種東西就只是派對用品吧？就像是ＫＴＶ的美聲飲料，喝了唱歌就會變好聽。話說啊，喝那個之後唱歌真的會變好聽嗎？」

魯沛開口了，但阿Ｍ再度自己講下去。被打斷的魯沛視線朝下，表情冰冷。阿Ｍ的嘴愈動愈停不下來，感覺沒人插得了話。大熊在觀察魯沛與阿Ｍ。

「要是有這種魔法般的飲料就好了。說不定我可以因為這樣出唱片，之後還能辦演唱會，聽起來很好玩吧？改天去ＫＴＶ的時候喝喝看吧。各位喝過嗎？」

阿Ｍ朝鏡頭詢問時，魯沛靜靜舉手了。兩人對這個動作起反應，將視線投向他。

「美聲飲料根本沒有讓歌聲變好聽的成分。說起來，這種成分在這個世界不存在。就像是隨便拿麵粉或薄荷錠謊稱是特效藥，吃下去之後真的改善症狀的安慰劑效應那樣。這部分請各位好好理解喔。至於美聲飲料真正的目的，是用來保養喉嚨，緩解發炎或乾燥的問題。飲料加入蜂蜜，蜂蜜的成分可以保護與保養喉嚨，這才是主要功能。」

魯沛幾乎一鼓作氣迅速說完。這股氣勢令阿Ｍ愣住，大熊稍微揚起嘴角。

「啊，啊～～原來如此，謝謝你的說明。」

「不，這是很重要的事，我覺得必須告訴各位。」

鍋蓋開始發出喀噠喀噠的聲音。察覺這一點的大熊一邊喊燙一邊打開鍋蓋，隨即冒出熱騰騰的蒸氣。三人一起看向鍋內，然後同時嗆到，含淚頻頻咳嗽。

「唔哇，這是怎樣？好臭！」

「都刺激到眼睛了。」

「魯沛，你明明戴眼鏡還這麼說，真的嗎？唔噁！」

「咳，咳咳！」

咳嗽、嗚咽與蒸氣。阿M摀住口鼻盡量不呼吸，另外兩人也開始學他。如今只聽到火鍋的沸騰聲與淺淺的呼吸聲。

「這玩意不太妙吧，是人吃的東西嗎？」

「因為可以吃才會賣吧？」

「話是這麼說，但真的臭死人了。我不知道該怎麼形容。」

「第五十年的納豆。」

「就是這個～～！大熊中肯！」

「說起來，你知道第五十年的納豆是什麼味道？」

「我覺得應該是這種味道。」

「開蓋之前明明沒這種味道，為什麼啊?唔哇真的好臭!」
阿M主動將臉湊向火鍋，頻頻喊臭。看來已經在享受這種臭味。
「喊臭也無濟於事，所以拿東西塞住鼻子來吃吧。」
聽到魯沛的提議，兩人點頭說「就這麼辦」開始找面紙，一邊說「面紙在哪裡」一邊發出翻找的聲音。逐漸堆在桌上的不是面紙盒，是遊戲軟體、沒喝完的寶特瓶或錢包等物品。
「啊，我剛才拿面紙去廚房用了。」
阿M像是想起來般這麼說。
「直播變成這樣終究不妙吧?各位不好意思，我們沒剪輯的狀況總是這樣拖拖拉拉。我說魯沛，幫忙去廚房拿來好嗎?」
魯沛回應「知道了」走向廚房消失，回來之後，阿M從魯沛手中搶過面紙撕成兩半，各自揉成一團塞進左右鼻孔。大熊與魯沛也學他塞面紙。為此必須暫時將手離開口鼻，但鬆手的下一秒再度響起哀號，然後也變成笑聲。三人說「臭到開始好笑了」哈哈大笑。
鼻孔塞住的三人聲音變成模糊的鼻音，鼻孔各自掛著面紙的光景很突兀。
「那麼，來吃吧。」

關掉卡式瓦斯爐，火鍋依然冒著蒸氣。朝天花板上升的蒸氣瞬間遮住三人的臉。然後三人合掌以鼻塞的聲音說「我開動了」，使用已經備好在桌上的紙盤與超商免洗筷各自夾起火鍋料。

所有人把自己想吃的食物放在紙盤上，卻沒人吃進去，而是彼此觀望。

「我說啊，誰先吃？」

「既然問誰先吃，也可以自己先吃喔。」

「從魯沛先吃就好吧？」

「話是這麼說，但你終於說出真心話了。說起來『真心話』究竟是什麼？」

「不過，火鍋會涼掉，而且不吃就不知道吧？好啦，你吃吃看吧。」

大熊再度注視兩人的這段互動，然後不發一語吃了第一口。察覺動作的魯沛與阿M一臉驚訝地驚呼。

「喂喂喂！哪有人不講話就自己吃啊？」

「就是說啊，大熊，即使不喜歡講話，拍片的時候好歹說聲開動吧？」

大熊無視於慌張的兩人，我行我素細嚼慢嚥，連他們出聲制止也漠不關心，專注看著前方，只有嘴巴在動。接著，他的喉結上下蠕動。

「大熊，味道怎麼樣？」

「…………」

「咦？沒感想？總覺得你好像想說些什麼。」

大熊喉結再度蠕動一次，然後慢慢開口。兩人專心看他的嘴，像是靜待他要說出什麼話。

「好吃。」

「……真的嗎？真的好吃嗎？」

大熊點點頭。

「嗯，好吃。是雞肉高湯的味道。」

「怎麼樣，會覺得想爆什麼料嗎？」

「唔～～」

這次大熊歪過腦袋，發出低沉的聲音。看起來有模有樣，像是歷史人物。像是要將集中在大熊的觀眾視線分散，阿M以開朗的語氣開口。

「只不過是吃這種東西，果然不會說什麼真心話啦。今天的直播就改成普通的火鍋大會吧。」

阿M重新說「我開動了」，然後也吃起火鍋。

「喔喔，這真的好吃耶。開吃就發現完全不會在意臭味。吃起來的味道，該怎麼說……雞？可能比較像是泡麵湯包的味道。魯沛也吃吃看吧。」

聽到催促，魯沛也開始吃。鼻孔塞著面紙的三個男生津津有味圍爐吃火鍋。

「火鍋裡的香菇，我小時候覺得只是充數用的，不過長大之後覺得很好吃。美味都煮進去了。」

「某些食物要長大才吃得出美味對吧？」

「咦？比方說？」

「比方說嗎……啊～～你想想，像是牡蠣。」

「牡蠣小時候吃就覺得好吃吧？」

「視覺上不太行吧？看起來總覺得是從臭水溝挖出來的吧？」

「是嗎？」

「看起來是這樣喔。不過長大之後吃到炸牡蠣，會覺得濃郁的口感很讚。」

阿M出聲附和，將火鍋裡的薄豬肉片整把夾起來。

「等一下，阿M，你一個人吃掉這麼多肉太奸詐了吧？」

「咦？可是都夾到了，也沒辦法吧？」

「但我覺得還是夾太多了。」

「什麼嘛，連大熊都這麼說。」

阿M露出鬧彆扭的表情，要將夾出來的豬肉放回鍋裡，大熊制止了。

「阿M，夾出來就別放回去。」

「什麼嘛，不准我夾又不准我放？」

「我覺得大熊說的沒錯喔。說起來，阿M不就有這種粗枝大葉的部分嗎？和我們一起就沒差，但是在外人面前這麼做，我覺得會搞壞形象喔。各位觀眾也這麼認為吧？」

「知道了啦，我會注意的。你們還要加肉吧？」

向兩人確認之後，阿M打開瓦斯爐。鍋底再度受熱。薄薄的豬肉一片片放進火鍋，避免黏在一起。

「這樣可以嗎？」

「謝謝。」

大概是因為肉片很薄，所以一下子就煮熟，魯沛與大熊也開始吃肉。薄薄的肉片煮過之後縮得更小。

「肉果然要厚一點比較好。」

「那當然吧？」

「想說是企劃要用的，所以買薄的豬肉片，不過失敗了。」

「咦？怎麼回事，因為是企劃，你才買薄的肉片？」

「是啊。這樣經費比較省，而且我覺得這火鍋應該不會好吃到哪裡去，錢用在這裡不是很浪費嗎？」

「是啊。」

魯沛說到這裡，動筷子的手停了。另外兩人也察覺他不對勁，轉頭相視。

「魯沛，你說過你覺得只要是肉就好，才買了這種肉吧？」

「是啊。」

「但你剛才說了浪費。」

「說了吧？」

「就算說了……」

三人視線相交。室內只剩下火鍋沸騰的聲音。

「都是因為這個吧。」

魯沛指著火鍋。

「我原本不想說這種話，畢竟說出來很麻煩，但我擅自就……」

「說出來了。」

大熊的聲音使得兩人驟然移動視線。

「不會吧？」

「也就是說，這東西是真的？」

「慢著，不過可能是巧合吧？你們想想，剛才不是也提到安慰劑效應嗎？因為剛才提到可能有說出真心話的效果，魯沛會相信吧？」

「啊啊，有可能。因為說來意外，我也是容易相信的類型。」

兩人一笑置之，大熊開口了。

「既然魯沛說了自己不想說的事情，不就是火鍋的效果嗎？」

「大熊你相信？」

「還沒相信，但我覺得測試一下也不錯吧？」

「你說測試是要怎樣測試？」

「問題全部丟給我，我會很為難的。」

大熊低下頭。

「不然，怎麼辦？」

「我想想……像是相互問問題之類的。」

「太老套了吧？」

「你說老套，但也只能這麼做了吧？」

「不然，要來嗎？」

「別忘記我們正在直播喔。」魯沛叮嚀之後，重新面向鏡頭。「所以呢，我們質疑這個真心話高湯鍋說不定是真的，要從現在開始驗證。」

三人喊著「耶〜〜」然後拍手，但是表情和聲音相反，看起來冷冰冰的。

「魯沛，你目前認為這是真的？」

「認為。」

「這是真心話？」

「當然。和我有沒有吃火鍋無關，這是真心話。」

「大熊呢？」

「我也……認為。」

「那麼，半信半疑的只有我嗎？」

「阿M為什麼沒完全相信？」

阿M用力抓住帽簷，重新將帽子壓好，手移動到下巴。

「因為……」阿M開口之後，出現短暫的沉默。火鍋依然發出沸騰的聲音，大熊關掉爐火。「因為我單純覺得，這種東西真實存在的話很恐怖，所以內心某部分無法相信。對，某部分。就是有這個部分。」

說到這裡，阿M嘴巴不斷開闔，欲言又止。

「阿M怎麼了？」

阿M回答「沒事」，態度卻隱約變得愈來愈冷淡。身體也隨著開始搖晃，嘴巴發出低沉的聲音。

「唔～～其實啊，如果這是真的就麻煩了。我有很多話一直沒說，感覺好像會全部說出來，好可怕。」

阿M說到這裡打住，摀住自己的嘴。

「這是阿M的真心話嗎？」

大熊以擔心的眼神看向阿M。

「不對，不是這樣。不，不是的。」

阿M摀住嘴，不過大概因為面紙塞住鼻孔，所以沒多久就放開手，然後喊著「好難受」抽出鼻孔的面紙。

「喔，不太在意臭味了耶。」

「真的嗎？」魯沛也跟著抽出面紙。

「真的耶，不怕了。」

「習慣了嗎？」

接著大熊也抽出面紙。再也沒人是那種蠢臉了。

「這果然是真的吧?」

「我是這麼認為的。」

「大熊也這麼想嗎?」

「嗯。」

「那麼,那麼那麼,我問你們,有什麼至今沒說的小祕密,或是隱瞞至今的事情嗎?有什麼話題可以套出真心話嗎?」

「就算你突然這麼說,我也想不到。」

「大熊呢?」

「我也一樣。」

「感覺不是會說出以前的真心話,而是說話的時候會展現真正的情感嗎?」

「既然這樣……」阿M說著咧嘴一笑。「那麼回到剛才肉片的話題吧。從這種肉片來看,我們給你的火鍋材料費一定有剩吧?魯沛,剩下的錢去哪裡了?」

「那個……」魯沛聲音很小。

「如果你不願意回答,那就來吃火鍋吧。看,裡面還有料,而且涼掉了。」

「吃掉火鍋,不就像是我做了對不起你們的事嗎?」

「如果沒做,你現在應該拿得出錢吧?」

「這……」

魯沛眼神游移，將筷子插入火鍋，把夾得到的火鍋料全夾起來，吹涼之後吃掉。

「看，應該做了什麼虧心事吧？這等於是不打自招。」阿M誇耀勝利般說。「我就覺得奇怪。而且至今也發生過這種事。明明肯定買得到更好的，不過只要是魯沛買東西，對帳總是對不起來。剩下的錢去哪裡了？」

「我都吃火鍋了，這個話題可以停了吧？」

「不可以，不可以。因為我們的錢都是你管的吧？所以得講清楚才行，這攸關你的信用問題吧？」

「信用問題是怎樣？你在懷疑我嗎？」

「對。」

「別講了啦。」大熊插嘴說。

「大熊也是，你不覺得可疑嗎？」

「我拍影片不是為了錢。而且……」大熊指向鏡頭。「現在這一切都正在直播。這樣下去不好。」

阿M頓時停止動作。從他的表情無法解讀內心。

「不好意思～～剛才那段當作沒發生過吧。」

阿M突然露出笑容，雙手舉到面前揮動。然後他說「來吃火鍋吧」，這次由他先將筷子插入火鍋，像是要掩飾般夾出火鍋料放在紙盤，一口口吃掉。

「我認為啊，這東西，果然是真的。」大熊一字一句慢慢開始說。「發現這商品的時候以為是騙人的，不過看你們兩人現在講的話，我只覺得是真的。而且我自己也開始想把不必明講的事情講出來了。」

「大熊想說什麼事？」

「……其實，我不想拍影片。」

兩人驚呼出聲。

「咦，可是，不是你先提議拍影片的嗎？」

「是啊，說起來，我們是被你邀請才開始的耶？」

「是沒錯，但我原本不想上鏡頭。」

「是這樣嗎？」

「我喜歡各種電子小玩意，想挑戰影片剪接，所以才邀你們兩人……但我不知為何變成和你們一起拍片，我拒絕不了。」

「所以我一直覺得很奇怪。」阿M大聲說。「因為，大熊明明平常就完全不說話，卻主動說想拍影片。而且實際開始拍片之後，這傢伙也幾乎不說話。後來用剪接的方式特寫你的正經表情，或是用字幕補足，讓觀眾看得很愉快，所以我就沒計較了。什麼嘛，原來是這麼回事。」

「我一直想說，但你們都不肯好好聽我說。」

「沒那回事吧，我確實問過喔。我問過你是不是真的想做，你不是也點頭了嗎？」

「我說的『想做』是想製作影片……沒說自己想上鏡頭。」

「我原本不想和魯沛搭檔，是因為大熊這麼說，我才不得已答應的。現在講這個是怎樣？早就來不及了吧？」

阿M這番話引得魯沛轉頭，眼鏡後方的雙眼發出犀利光芒。

「這種說法是怎樣，不想和我搭檔？既然你這麼說了，其實我也是喔，我也是因為有大熊才答應的。而且我知道喔。」魯沛靠近阿M，一口氣說下去。「說起來，你明明一開始興趣缺缺，是後來知道這樣會受女生歡迎才突然有幹勁的。我也知道你對那些女生下手了。」

「魯沛，現在這些，都在直播。」

阿M打斷大熊的話，粗暴大喊。

「你在說什麼啊！」
「上次的店長活動，你不是也要到聯絡方式為所欲為嗎？真羨慕你這個萬人迷。」
「我說啊，你不受女生歡迎，所以講這種話只是在酸我喔。」
「所以，實際上呢？你對粉絲下手了吧？」
阿M頓時語塞。就在這個時候，大熊「唔喔喔喔喔！」放聲大喊，同時拿起砂鍋，直接對嘴把火鍋料扒進肚子。事發突然，兩人愕然看著這幅光景。
將臉埋入砂鍋大口進食的大熊，就像是真正的熊。滴下的湯逐漸弄髒身穿的運動服。幾乎吃光之後，大熊吐出長長的一口氣，以袖口擦嘴。
「你們兩個，繼續說下去會自討苦吃喔。」
大概是因為突然吃熱食導致鼻子失守，大熊開始吸鼻水。任憑流下的兩條鼻水，大熊也和擦嘴一樣以運動服袖口擦掉。
「大熊，你吃光了？」
「因為你們不閉嘴。」
「可是，你吃掉的話……」
大熊打了一個大飽嗝，然後開口。

「如果真的有效，那可能會出事。可是……你們不肯停，我只能這麼做。」

「抱歉。」

「對不起。」

兩人向大熊低頭。

「我並不是要你們道歉……魯沛在經費上動手腳，以及阿M對粉絲下手，我早就隱約知道了。也知道你們處得不是很好……可是，你們講起話來超有趣，所以我覺得會成功。明明是這樣才對，你們之間的氣氛卻一直很險惡，完全沒察覺彼此的優點……我一直搞不懂有什麼毛病。」

「咦，魯沛，你果然作假帳？」

「阿M還不是一樣，你果然對粉絲下手吧？」

「這種事不重要。你們兩個做人更成熟一點好嗎？滿腦子只想到自己對吧？動不動就是我怎麼樣我怎麼樣……只把我當成巨大的擺飾，當成剪接影片的工具人吧？」

「是啦，我覺得你個子很大，是幫忙剪接影片的傢伙。因為這是事實吧？你除此之外還有什麼用？沒有吧？既然你這麼說，那就講幾句有趣的來聽聽啊？拿你的身體當梗，或是犧牲你自己啊？」

「我沒想過做這種事，所以也沒辦法吧？」

「沒辦法是怎樣？你說我對粉絲下手，不過我討好粉絲，給她們聯絡方式，私底下陪她們去玩，才得到固定的死忠女粉，也增加訂閱人數，你們不知道我的這些貢獻嗎？現在的訂閱人數，要說一半是我拉來的應該沒騙人喔。」

「你這樣是違規吧？而且風險太高了。居然做出這種事？你的所作所為真的不能相信。」

魯沛露出打從心底傻眼的表情，朝阿M投以輕蔑的視線，使得阿M眼中的怒火更加劇烈。

「你怎麼瞧不起我都沒差，但我並不是愛好女色。是逼不得已才和女人打交道。」

「啊？」

「我不是說過嗎？我並不是想交女友或是喜歡女生。」

「並不是喜歡女生？」

「想上床的話是可以上床，但我一直忘不了前男友，這份孤單也是原因。而且女生都對我很好，把我當寶。只要有這種時間，我就可以忘掉孤單，可以維持心理平衡！」

「請等一下。阿M，剛才是『前女友』的口誤吧？」

「我剛才不是講得很清楚嗎？」阿M說。「是前男友。我沒說錯。」

「大熊知道這件事嗎？」

被問到的大熊搖搖頭。

「我也不知道。」

「原來阿M是那個圈子的？」

「不准說我是『那個圈子的』！沒什麼圈子不圈子的。我就知道你們會這麼說，所以沒告訴你們。反正你們一定滿腦子偏見。」

「沒那回事……」

「你講這種話的時候就來不及了。這部分我不計較。我想問的是魯沛做帳的事。」

「我的？」

「我問你，影片點閱的收益，你怎麼管的？大熊沒問這方面的問題嗎？」

「我知道一些事。不過，我覺得不必由我來說。」

「那就得讓當事人說明了。」阿M忽然接近魯沛。兩人之間洋溢的氣氛比剛才還要險惡。

「滿嘴都是錢錢錢，阿M你只是想要錢吧？」
「想要錢的是誰？我們明明相信你，把財務交給你管理，背叛的是你吧？」
「說背叛太難聽了。我只是基於正當理由，比你們兩人多拿走一點錢。」
「看吧，果然瞞著我們。」
「原來沒平分？我只知道你採買會偷工減料，把多餘的錢放進自己口袋。」
這次大熊也靠向魯沛。壯碩的大熊一接近，個頭本來就矮的魯沛看起來變得更小。
「請等一下，我也有我的理由。請聽我說。」
「什麼理由？」
「說起來，財務是我在管，包括採買、找攝影地點或各種雜事都是我在做。這麼想的話，影片收益就不應該平分成三份，而是我要多拿一點吧？這種想法很正常。」
「正常來想或許沒錯，但你先講一下不是很好嗎？」
「沒錯。如果你先說，我們也可以接受。」
「我現在說了，那不就好了嗎？」
「這也很奇怪吧？為什麼現在說了就好？」

「不然我要怎麼做？道歉就好嗎？」魯沛突然加重語氣。「跪下來向你們磕頭就好嗎？」

「我沒這麼要求，但是希望你一開始就講清楚。」

「我原本想告訴大熊，可是這樣的話也得告訴阿M，不然很奇怪吧？所以我就這麼沒說了。」

「奇怪什麼？我說啊，本來應該平分的東西你卻多拿，就已經是很奇怪的事情了，你懂嗎？」

「這不是懂不懂的問題。」

魯沛果斷扔下這句話。

「你啊，給我差不多一點好嗎？」

「魯沛，我覺得你剛才那樣講不太好。」

「所以到頭來，你拿了多少？」

「……一半。」

「居然說一半。一半？」

「對。我拿了整體的一半。」

「……所以說，我跟大熊是對分剩下的一半？」

「是這樣沒錯。」

「你啊，真的不要胡搞瞎搞好嗎？」

阿M一把抓起魯沛，搖晃他的身體。魯沛的腦袋前後晃動，好像人偶。

「我明明最拚命，卻只拿兩成五？這不是很奇怪嗎？」

阿M像是隨時都要一拳打下去，大熊抓住他的衣領，用力拉開他。大熊雖然吃驚卻維持冷靜。

「如果這麼說，我平常負責管理攝影器材，也負責剪接。器材是從我薪水出的，所以你這說法很奇怪。難怪我每個月都很吃緊。」

大熊一副莫名接受的樣子，搔了搔腦袋。

「雖然事到如今不要求你還……不過，你這樣不好吧。」

「瞞著你們做這種事，我真的覺得很抱歉。所以從這個月開始，我會確實分成三份給你們。不相信的話，可以給你們看明細表。」

魯沛道歉之後跪下來要磕頭，但是大熊制止他說不必這麼做。

『那份明細表希望公開。』『到頭來收益是多少啊？』

畫面接連顯示留言。

「那就給你們看吧……我很想這麼說，不過應該沒辦法繼續下去了。」

「請等一下，意思是我們就這樣結束了嗎？」

魯沛爬到阿M腳邊，抓住他的褲管，像是求情般用力拉。

「不要這麼說啦，又不是情侶。」

為了擺脫這樣的魯沛，阿M抬腿拉起褲管，反覆擺動腳想要甩開他。真的像是分手時被戀人哀求的男性。

大熊只有默默旁觀。

「我沒那個意思。」

「你不是我的菜，所以就算拉住我纏著我，我也不會高興，而且我的心完全不會被打動了。」

「就說我沒那個意思了！」

「我也沒那個意思！」

「……到頭來，我們今後會怎麼樣？」

「什麼今後？」

「因為，這全都直播出去了吧？現在說的都傳出去了，也有人留言進來，想救也沒得救了。」

沉默覆蓋現場，就只是保持寂靜。並不是毫無聲音，只響起某種機械聲。就是這樣的沉默。即使如此，畫面依然繼續顯示留言，眼睛好不容易才追得上每句留言的內容。

「那個……」

阿M像是掩飾般笑了。他再度抓住帽簷，重新壓好，然後靠近畫面。臉上依然貼著笑容。

「剛才那段都是假的喔。沒啥啦。」

朝著畫面耍寶的他很滑稽。

『現在講這個不管用。』『如果是開玩笑也太會演了。』

沒有肯定的留言，只有批判他們的留言增長氣勢不斷顯示。

「當然不可能吧？這已經沒救了。無從挽回。」

「我說過很多次，這是直播節目。」

「這麼說來，首先說起真心話的是大熊吧？提這個企劃的也是你。」

「你啊，其實是不想幹了才進行這個企劃吧？對吧？」

「我也是半信半疑辦這個計畫喔，不過原來是真的。和你們比起來，我被說得太過分了吧？」

「什麼過分？你說不想拍影片也很過分吧？而且我的祕密跟阿M的祕密，也都是你帶頭說的吧？」
「可是都是事實啊？」
「你明知在直播卻說出來對吧？不然我們哪會講這種話？」
「就是啊。明明是沒必要講也沒必要知道的事，這都是你害的吧？」
「為什麼突然把憤怒的矛頭指向我？錯的不是我吧？這都是你們幹的好事，不要誣賴我好嗎？」
「說起來，這是怎樣？我們要往哪裡擔憂什麼？感覺做什麼都不對，都會被罵爆。在日常生活裡，也有陌生人搭話說會看我的影片，剛開始很高興，但現在不一樣。感覺我的生活到哪裡或跟誰在一起都被監視，活得很不舒服。」
「在哪裡吃了什麼，或是和誰在一起，都有人輕易寫在網路上，一點隱私都沒有。雖說當網紅難免這樣，不過事到如今我就懂了。藝人很辛苦？名人稅是怎樣？我曾經這麼嘲笑過，不過連我們這種小咖都這麼痛苦，每天逐漸憔悴，真正的藝人就算神經衰弱也不奇怪吧？我說各位觀眾，你們懂嗎？」
阿M突然面向這裡。
「你們打趣抨擊我們，講一些有的沒的，擅自肉搜住址跑到我們家，你們自己被這麼做的話會怎麼想？做人做成這樣會怎麼想？因為身分不會曝光，因為沒人知道是誰說的就惡言相向，這麼做有什麼好處？心情會爽嗎？你們知道這種爽是以我們的不爽為代價嗎？說說看啊？」

「擅自解釋我們講的話，我們可忍不下這口氣。不要假裝自己很懂好嗎？叫我們跟某人合作，說什麼不合作表示交情不好，請理解我們有自己的程序，有自己的隱情好嗎？我們可沒辦法實現你們所有的願望，配合你們所有的任性。」

「確實，我希望各位也好好把我們當成普通人看待。」

「……這句話晚點也會有人拿來講些有的沒的吧？」

「搞成這樣早就鬧大了吧？沒鬧大才奇怪。」

「反正在開始直播的時候，應該就有人側錄，直播完馬上就會上傳備份當好戲看吧。」

「啊～～真是的，搞這個根本只有壓力吧！」

阿M抓起身旁的遙控器，用力丟過來。軌道不是直的，是稍微偏向下方，在畫面外發出撞擊聲，然後畫面左右晃動，映出大熊慌張的臉。即使如此，魯沛與阿M也不以為意，將自己的憤怒朝著空中、朝著某人宣洩。

「我們不管做什麼都只會道歉吧？這次也是，只會說抱歉或是對不起。」

「不過這些傢伙可不會道歉，看影片的都只會出一張嘴。這樣不公平吧？」

「啊～～～～！」

大熊隨著咆哮衝向攝影機，畫面朝左方落下。據說人類從高處摔落的時候會看見慢動作，這時候也是如此。世界天旋地轉，隨著喀鏘的聲音變得一片漆黑。

漆黑的畫面過後，腳邊螢幕映出我們的身影。我們正在圍爐吃火鍋。主導話題的一如往常是魯沛。

「所以呢，我們看完這段影片了，請問感覺如何啊？」

「沒什麼好說的，這很糟糕吧？」

「自己都覺得糟糕。」

我說完，大熊像是同意般說。

「居然會像這樣重新看一次當時的影片，從來沒想過吧？」

魯沛拿起桌上的檸檬沙瓦喝。酒量不好的他即使才喝第二杯就滿臉通紅，但他還是愛喝酒，即使醉醺醺依然大口喝。希望他今天也別因為這樣亂講話。

「我們已經組團七年，這片剛好是五年前……時間過得真快。」

大熊單手拿著啤酒杯，一如往常平靜地說。他酒量很好，喝再多也連臉都不紅。

「是啊。」

我們現在二十五歲。組團拍影片上傳是十八歲的事。這七年轉眼即逝，那部驚爆影片問世之後的五年更是驚濤駭浪的每一天。

爆出我們許多內幕的那場直播，在大熊衝向攝影機之後強制結束，影片卻瞬間傳遍網路。有原封不動的完整版，也有剪接得很有趣的懶人版，此外還有各式各樣的版本。模仿我們拌嘴成為年輕人之間的流行，成為短影音ＡＰＰ的最佳題材。也有人只擷取我們的語音，對嘴之後剪接成有趣的影片。

此外也被砲轟得很慘。尤其是我，因為對女粉絲下手，成為知名的爛男人。不只被貼上混蛋的標籤，走在路上都有人說「喂，公狗」嘲笑我。沒對家人提過的同志性向也被揭露，家裡一度差點和我斷絕往來。

「所以，現在重新看我們鬧出大事的影片，感覺怎麼樣？」

魯沛一如往常主持我們的閒聊。

「當時覺得搞砸了，不過就算被砲轟也爆紅了對吧？所以我覺得以結果來說是好的。就算這麼說，哎，會覺得很誇張吧？雖說是吃了會講出真心話的火鍋，卻完全沒有當網紅的專業意識。」我笑著說。「還有，魯沛你那哀求的樣子。還問說『我們就這樣結束了嗎』，後來大家都模仿這段，不過現在客觀來看挺好笑的。」

聽到這段話，魯沛明顯露出抗拒表情。我想也是。這傢伙依然不覺得這場騷動是好事。雖然已經接受，但與其被當成梗，他更想拿新的話題蓋掉這件事。

即使如此，我們最受歡迎的影片無論如何都是這一部。我們故意留下直播紀錄。因為大家會看。累積的觀看次數會成為我們的收益。（我們在影片插入廣告也被砲轟過，這部分無所謂。）

魯沛剛開始不願意這樣，質疑是否要永遠背著這個奇恥大辱活下去。不過，只要上傳成為官方影片，就比較方便管理目前在網路流傳的造假或備份影片，以結果來說會成為收益。錙銖必較的魯沛好像被這個說法打動，加上大熊說只要將來拍出點閱數更高的影片就好，這句話也造成不錯的效果。

不過，我們依然拍不出這種影片。在我們的影片頁面選擇以人氣順序排列，第一個出現的永遠是這部影片。最上面的影片也最容易被初訪網友點選播放，結果點閱數繼續增加。

「總之，即使五年來被說三道四，不過說起來，我們也是以這部影片為契機打響名號。雖然一時之間不知道該怎麼辦，但我很高興現在能像這樣活躍在第一線。」

「你不講幾句感謝的話嗎？」

「我們就算說感恩或是向大家道謝，也沒人會相信吧？」

「說得也是。」我們三人相視而笑。在攝影棚協助直播的工作人員們也一起笑了。

「總之，感謝把我們當好戲看的這個世間，不然我們早就成為社會廢物了。謝謝大家～～！」

魯沛朝畫面道謝之後，一口喝光檸檬沙瓦。

「最感謝的應該是經紀公司的社長吧。社長覺得被世間當成人渣的我們很有趣，主動聯繫我們，然後叫我們到全國各地拍攝謝罪影片，提供攝影器材、背包與車鑰匙之後把我們扔出去。」

「真懷念，那個很像以前的綜藝節目吧？戴上眼罩，然後被帶到北海道角落之類的。」

我們後來就這樣執行企劃，一邊刻苦走遍全國，一邊向遇見的人們謝罪。對方沒看過影片的話就播給他看，被投以輕蔑的眼神之後磕頭道歉。這種影片真的很像電視節目的企劃。

經紀公司會按照點讚人數發旅費。一個讚一圓。所以我們拚命搞笑，沒討好觀眾就沒錢。剛開始太多人噓，餐費跟油錢都不夠，還以為會死掉。不過人們大概最喜歡別人的不幸吧，大家開始覺得一邊刻苦度日一邊不斷向別人道歉的影片很有趣。多虧這樣，點讚人數愈來愈多，雖然花了一年，但我們也成功環遊日本一周。

總之，這趟旅行也到處播放那部驚爆影片給別人看，所以到頭來任何影片的點閱數都很難超過。即使如此，多虧這個企劃，我們得以在影音世界活下來。

如今這場騷動也已經是往事，我們得以和其他網紅進行同樣的活動，也得以在第一線活躍。

「人生真的不知道會怎麼演變耶。」

「是啊。當時吃那個火鍋，一開始覺得應該是假的，但以結果來說是真的。雖然不想承認因為這樣爆了太多料，不過或許該慶幸拍了那部影片。多虧大熊提供了那個企劃。」魯沛說。

當時表示不想上鏡頭的大熊，最後也得出「我們果然要三人同臺才完整」這個結論，到頭來繼續以成員身分拍影片。

他依然沉默寡言。從以前到現在都很少說話。吃那個火鍋的時候異常健談，果然是火鍋的效果吧。

「難得像這樣直播紀念，大熊也講幾句話吧。看完影片之後應該有一兩個感想吧？」

聽我這麼一提，大熊緩緩開口。

「其實啊……」

打扮成可愛模樣前去約會的女孩。褐色長髮燙成大波浪捲，臉蛋打上特別白的粉底，和脖子的顏色不一樣。雙眼以假睫毛自然增量，嘴唇塗成叫做「婚活唇色」的淡粉紅色。

身穿和嘴唇相同色系的泡泡袖上衣，雪紡材質的白色過膝裙輕盈飄揚，踩著響亮的腳步聲走上地鐵階梯。紅色斜肩包像是把女人與少女連結在一起。

經過我面前走上階梯，可愛嬌小的妙齡女孩啊，妳或許各方面都完美，但是妳的腳，看看妳的腳吧。

收在粉白色粗跟鞋裡的小小腳踝。隱約浮現青筋的阿基里斯腱，貼著一片褐色OK繃。大概是鞋子磨腳所貼的OK繃。

從輕盈的腳步來看，妳接下來要去約會吧。現在是星期六下午，輕柔散發的甜蜜香水味，使我確信自己的推理沒錯。

然後，答案就等在地鐵階梯的盡頭。以量產型香菇頭稍微遮住眼睛的英俊男性，身穿藍到全身舒暢的襯衫，掛著笑容迎接她。

我停在階梯出入口附近，從肩掛的皮製黑色托特包取出手機，假裝確認目的地，在陰暗之中交互看著手機與地面，觀察兩人的動向。

妳今天也好可愛。你好帥。相互稱讚之後說著「快走吧」牽起手，情侶的嘻笑聲逐漸遠去。

這種躺著也中槍的感覺是怎樣？

我來到地面，前往大約三十公尺前方的吸菸區，拿出快沒油的百圓打火機，以拇指打了好幾次之後點菸。

小憩。吸入人稱不健康集合體的煙，自己內部生成的心理不健康物質逐漸溶入體內。

抽第二口菸之後，我想起頭髮沒綁，就這麼含著香菸取下戴在手腕的黑色髮圈，將切齊及肩的黑髮綁緊。即使這麼做沒什麼助益，也希望頭髮別沾到菸味。

我看著吐出來的煙隨風流逝並且思考，自己曾經像那樣光明正大晒恩愛嗎？

那片ＯＫ繃。如果要做那檔事該怎麼處理？

我想像那對情侶將會面臨的場面。輕聲說著甜言蜜語，包裹身體的衣物一件件褪下，得以直接感受彼此的體溫，手在胴體遊走。然後，當視線移到她的腳，感覺那片ＯＫ繃會以格格不入的表情，不顧場中氣氛「嗨！」地打招呼。
這滑稽的光景會令男性冷感吧？貼著到處走了一整天，淋浴之後泡脹的那片ＯＫ繃，男生應該會嫌不衛生吧？
這段場面，我在腦中重複播放五次左右，勉強靠著吸菸撐過去。
傍晚開始的會議上，恨菸入骨的部長會不會聞到我的菸味不高興？我解開頭髮確認味道，感覺隱約沾上牛奶糖般的甜甜菸味。為求謹慎，等等噴一下茶樹精油的芳香劑吧。

當天晚上，我將ＯＫ繃那件事告訴美智子。
位於商店街一角，小巧卻應有盡有的中菜館裡，桌上擺著麻婆豆腐與擔擔乾麵這兩大盤料理。一口灌下紹興酒，紹興酒甜蜜包裹被山椒麻到生痛的舌頭，帶給舌頭輕柔的口感。
從前菜開始，棒棒雞、東坡肉、海鮮炒花椰菜等各種中華料理通通下肚，最後居然還端上兩種碳水化合物，將利潤置之度外，美食戰士熱愛的中菜館。實惠度與美味度都是滿分，是我與美智子很喜歡的店。
吃飽之後血糖值飆高，加上酒力的輔助，其他各種數值也升高或降低。我覺得人類的三大慾望說得真好。我抱著像要融化的感覺以及像要爆開的胃，對美智子開了這個話題。

「欸，今天我看見一個要去約會的輕飄飄女生。」

「喔～～」

敗給紹興酒低著頭的美智子頓時抬頭。亮麗的黑色短髮留著昔日在高中初識時的痕跡，明明進入三十歲大關，看起來卻很年輕。基於婚禮顧問的職業特性，臉上的妝容給人良好印象，但是吃喝到現在，鼻子與兩頰上緣終究泛出油光。

醉酒的朦朧雙眼，稍微隱藏好奇心的光芒。

「她看起來要和男友約會。長得超可愛，打扮也很用心，不過穿著高跟鞋的腳踝……」

浮現青筋的阿基里斯腱貼著褐色ＯＫ繃。那幅光景浮現在眼前。

「腳踝？」

「貼著ＯＫ繃。」

「喔～～腳磨破還穿高跟鞋打扮，精神可嘉。我已經沒那個氣力了。」

身穿褲裝的她，雙腳穿的是低跟黑色包鞋。她說在婚禮這一行整天站著，穿不了什麼高跟鞋。

「可以的話，我想每天穿球鞋。」

「這我有同感。」

我一邊這麼說，一邊把雙腳縮到椅子下面藏好。高跟鞋穿一整天而浮腫撐緊的腳傳來刺痛。

「不，哎，也是啦。只不過，如果晚上和男友氣氛正好的時候，我在想那片OK繃會怎樣。」

「啊？妳在說什麼？」

美智子的聲音響遍小小的店內。

「慢著，妳這麼問……」

「妳在想什麼啊〜〜」

這次她拍著紅色桌面哈哈大笑。

「美智子能接受？」

「因為與其說能接受，應該說這也沒辦法吧？畢竟會痛。新娘也會這樣喔，有人穿上平常沒穿的高跟鞋就磨破腳，這時候果然要幫她貼上防磨腳的OK繃。人生風光舞臺的回憶如果是磨腳的刺痛不是很糟嗎？」

我覺得她說得沒錯，但我想說的是這樣缺乏視覺上的魅力，她好像沒聽懂。

「上床的時候看見磨腳的傷口反而恐怖喔。」

明明在進行黏膜與黏膜的接觸，看見不重要的人體皮下組織是禁忌嗎？想到這裡，我後悔自己想像這種不舒服的事。問題不在於恐怖不恐怖。

「男人不會因為這樣就冷感嗎？」

美智子吸著纏附肉燥的粗麵條，擔擔麵的油使她的嘴唇油油亮亮。我將乾巴巴的嘴唇潤溼，一邊小心別弄髒白上衣的袖子，一邊以麻婆豆腐蓋飯裡的湯匙舀一些到自己的盤子上。

美智子一邊咀嚼一邊看著斜上方，這是她想事情時的習慣。她在麵條咕嚕一聲過喉之後開口。

「老實說，我不是男的所以不懂。不過由里，妳看見的那女生很年輕吧？」

「嗯，大概二十出頭。」

「那我還是覺得精神可嘉喔～～」

「是嗎？」

「因為啊，年輕的時候買鞋子不是都以外型優先嗎？不合腳也要忍耐。我覺得後來會慢慢學習到，應該挑選外型與實用性兼具的鞋子。應該說我自己就是這樣。所以她的心態值得讚賞喔。女人都希望被當成女人對待吧？希望男友把自己當成女孩子對待，當成女孩子疼愛吧？」

「然後在上床的時候，和這種讚賞完全相反的醜陋ＯＫ繃是正義嗎？」

我像是晚上十一點的新聞播報員般反問。

「唔～～……應該不是正義。」

美智子故意扭曲表情。「我就說吧！」我這麼回應。「吵死了！」她笑著要將自己的湯匙插入麻婆豆腐蓋飯，我反射性地抓住她的手。美智子驚覺做錯，在道歉之後以公用湯匙舀麻婆豆腐蓋飯。

「由里，到頭來，妳想表達什麼？」

「ＯＫ繃很礙眼，也會讓魅力大打折扣。我希望妳同意這一點。」

我縮小嘴巴，喝光小酒杯剩下的紹興酒。感覺拿酒杯的指尖一陣刺痛。

「由里，妳也該找個好對象了。」

美智子像是要討我高興，以開朗的聲音開始說。

「我的夢想之一，就是幫妳打理婚禮。」

「結婚啊……我做得到嗎？」

「因為妳和前任分手之後，完全沒報過好消息啊。真希望妳偶爾聊這方面的話題。」

「妳還不是一樣，沒立場說別人吧？」

我們相視而笑。我能像這樣展露笑容也是最近的事。

上次分手是情感被狠狠踐踏的最爛形式。我的一切在最後的最後遭到否定，遭到傷害。話語的刀深深插入內心，痊癒的速度比再怎麼嚴重的割傷都慢。我親身體會了這個道理。即使表面的傷癒合到可以輕鬆笑著面對，內部也依然沒有再生，細長的刀痕在內側隱隱作痛。

和他交往的那時候，我總是準時下班，在他房間等待他的聯絡。週末開車到各地的美術館。每次抵達的都是首度造訪的場所。無機質的清潔空間裡，整齊並排著繪畫、雕刻或照片。雖然不是每一種都看得懂，不過兩人欣賞同樣的作品相互討論，使我覺得和他分享相同的感覺，內心獲得滿足。

每週在他家過夜三天。由於他總是工作到忙不過來，所以任何家事我都幫他做。將他的襯衫一件件燙平，搭配襯衫顏色挑選領帶，一起收進衣櫃。為了讓他這個完美主義者每天不必為工作以外的事情煩心，我盡心盡力奉獻自己。他明明說過喜歡這樣的我，明明說過希望早點和我在一起。

和他分手之後，我沒能將悲傷的空洞告訴任何人，像是要隱藏這份痛楚般投入工作，精疲力盡回家之後倒頭就睡。這麼做就不必面對自己的內側，日曆逕自翻過一頁又一頁。

明明想忘記，本應封閉的蓋子如今卻要被打開。不耐煩的情緒或許來自這裡吧。明明希望他完全脫離我的人生，記得自己曾經喜歡他的這具身體卻不允許。

「由里、美智子，妳們都聊點愉快的話題吧。」

這間店的老闆娘滿頭大汗走出廚房。她像是強調福泰身體般穿著大件圍裙。如同為了承受廚房高溫而剪短的金色頭髮，我總覺得很像飾演反派的女摔角手。

「這個請妳們吃。沒加大蒜，妳們之後要做什麼都不影響。」

老闆娘將一盤共五顆煎餃端上桌，拋了一個不適合她的媚眼之後回到廚房。

「沒有那種行程啦～～」美智子哈哈大笑，朝著廚房大聲搭話。我原本也想笑，話語卻忽然噎在喉頭，什麼都說不出口。

回過神來，發現自己開始抖腳，發出喀噠喀噠的聲音。我不禁抱頭。不願回想的記憶甦醒。看到別人談戀愛而煩悶的時候，我為什麼會選擇吃中式料理呢？我目不轉睛注視煎餃。

「怎麼回事，妳飽了？既然是免費招待就吃吧。」

美智子將筷子伸向煎餃。

最後我沒吃煎餃就走出館子。回去的時候，美智子說「下次聯絡的時候要給我好消息喔」，踩著不穩的腳步離去。婚禮顧問的工作應該很辛苦，不過每天協助別人獲得幸福的她，對於別人的負面情感或許有點遲鈍。

回到住處，高跟鞋整齊擺好，沒忘記把摩擦變黑的部分順手擦掉。只要這麼做，隨時都能穿漂亮的鞋子上班。

以香皂洗手洗滿一分鐘，換掉內衣褲穿上居家服。打掃浴室之後放熱水，把櫃子上面、電視上面這種容易積灰塵的場所擦一遍。地板用吸塵器吸過再用溼紙巾擦過，然後朝整間室內噴除菌噴霧與精油噴霧，我回家的例行工作就結束了。

在擦得亮晶晶的高玻璃杯倒入礦泉水，坐在皮沙發上。清水流入充滿酒精與油膩的胃，腹部隨即發出咕嚕咕嚕的聲音。

洗完澡之後，一如往常換上睡覺穿的內衣，再穿上睡衣……我聽著肚子的聲音想像這幅光景。身陷同樣的洪流無法掙脫，我對這樣的自己感到滑稽與厭惡，想要立刻將杯裡的水潑向室內。我粗魯將玻璃杯放在桌上，水稍微飛濺出來，我驚覺不妙連忙想擦，卻在伸手要拿面紙的瞬間覺得胡鬧而停手。

為了平復心情，我來到陽臺乘涼抽菸。一如往常很難點火的淺綠色百圓打火機，我試著朝向市區燈火舉起。

我房間的一切都很整潔。地板與窗戶毫無髒汙，一塵不染，空氣清淨機全天候運作。明明不該這樣，但我一回家就像是被逼急般擦拭房間。

貼ＯＫ繃的女孩，身穿襯衫的英俊男性，煎餃，ＯＫ繃，襯衫，煎餃，ＯＫ繃，襯衫，煎餃。還有假裝整潔的這個房間。明明想忘記，但我完全忘不了。

這是在七個月前，我去前男友住處做飯時發生的事。聽完他的要求，我一如往常帶著食材去他家，使用複製的鑰匙入內，熟門熟路地開始下廚。為了避免做菜時弄髒衣服，我穿上他送的橘色圍裙，隨即心想「今天也要做一頓好吃的」鼓起幹勁。我喜歡他說好吃的表情，所以下廚的時候會想著他的表情與聲音哼歌。

高麗菜大致分切成小塊再切成細絲。我配合自己哼歌的節奏動著菜刀，突然傳來切到異物的討厭感覺。

人在切到手的時候，好像會心想「搞砸了」變得莫名冷靜。這時候的我也是這種心態，目不轉睛看著割出大約五毫米傷口的左手食指第一關節，深刻覺得傷口好痛。

我從急救箱取出消毒液與ＯＫ繃，確實消毒傷口之後包上ＯＫ繃，之後若無其事將高麗菜、韭菜與大蒜剁碎，加入絞肉揉捏。肉餡放在餃子皮中央，周圍以食指沾水潤溼，一顆顆仔細包好。包了大約二十顆之後，只要等他回來就可以煎熟享用。

晚上七點左右，他一如往常下班返家。在玄關脫下皮鞋整齊擺好，立刻將手洗乾淨，換上純白T恤與運動服材質的深藍素色長褲，進入客廳。

「歡迎回來。」我說完之後，他完全包覆潔淨的我。即使就這麼使盡力氣緊抱，他的手臂也不會弄痛我的身體吧。明明三十歲了，看起來卻很年輕，或許是因為他那殘留少年氣息的白嫩肌膚、柔軟的頭髮與這具細瘦的身軀。以成年男性的標準來說，他的體格不太能夠依靠。

「煎餃？」

「當然是煎餃。」

「太棒了。謝謝妳做給我吃。」

「我現在煎，稍等一下吧。」

他瞇細雙眼笑得像是貓咪，然後在沙發放鬆。這個家是一房一廳，我喜歡站在廚房也看得見他的格局設計。站在開放式廚房看著他的身影下廚時，自然就會想到兩人的將來而露出笑容。

他講電話的聲音，混入煎餃子的聲音傳入耳中。

「今天工作也好辛苦。前輩寫了企劃書，和客戶開會的時候，卻忘記帶儲存企劃書的筆電。」

他嘴裡說辛苦，表情卻好像很開心。

「我和他共用檔案，所以立刻印出資料解除危機。前輩對我道謝喔，他說幸好有我在。」

電話另一頭的反應使他的語氣愉快。

「對吧？前輩有脫線的一面，所以我猜可能會出狀況，請他共享檔案給我。還好真的有這麼做。」

餃子在平底鍋裡排成圓形。太白粉水也調得恰到好處，排成漂亮圓形的冰花煎餃完成。

大概是聞到香味察覺餃子煎好了，他結束通話來廚房洗手。

「做好了，等我一下喔。」

我對他說。他正在用洗手皂旁邊的消毒液噴溼雙手摩擦。

「請用。」

盛裝在大盤子的冰花煎餃上桌，他雙眼隨即閃閃發亮。「看起來真好吃。」他說完拿起放在筷架的筷子，伸手夾煎餃。煎成金黃色的冰花部分發出酥脆悅耳的聲響迸開。我靜心等待他吃完第一口。

「果然好吃。」

他閉上眼睛仔細品嘗，我暗自鬆了口氣。

聽他說他愛吃煎餃，我第一次親手做煎餃給他吃的時候，他對我說不好吃。他最愛吃的食物是媽媽做的煎餃，所以他拜託我說，如果在家裡做就請重現這個味道。當時我們開始交往了四個月。

美智子說，要抓住男人的心，必須先抓住男人的胃，所以我立刻請他聯絡他的母親教我料理方式。那段時期每天都努力重現「媽媽的味道」。常常在家裡做給美智子吃，也曾經拜託他帶我到他老家，和他母親一起做煎餃。經過反覆嘗試摸索，在他首度要我做煎餃約八個月後，我終於成功重現他母親的味道。

後來他拜託我每個月一定要做一次煎餃給他吃。我覺得受到他與他母親的認同，所以很開心。

我們順利培養感情，交往開始至今即將滿兩年。

踏入三十歲的我，想開始奔向名為「結婚」的終點。我不想錯過難得到手的機會，希望就這麼一帆風順突破終點線而心慌。

他的母親禮貌周到，家裡細心整理得非常乾淨。廚房流理臺散發銀光，瓦斯爐沒有焦痕，牆壁沒有任何油汙。我清楚記得當時以為那裡是樣品屋。

大概是遺傳，他也和他母親一樣愛乾淨。家裡東西不多，地板總是亮晶晶。自從喜歡上他，我一心不想被他討厭，不只戒菸，也開始維持自己住處的整潔。但他堅持吃飯與睡覺都要在他自己家。他禁止我在家裡做好食物裝進保鮮容器帶過去的時候，我終究嚇了一跳，不過移動時的溫度變化確實可能讓內容物變質，我如此說服自己，聽從他的吩咐。

所以我都在他家下廚，預先做好留給他吃的菜，也是裝進他家的保鮮容器放入冰箱儲存。

即使氣氛醞釀得再好，都要先洗完澡才碰觸彼此的身體。

雖然偶爾覺得有點麻煩，不過習慣之後，連這樣的他都令我覺得可愛。只要清潔，我的愛就會被接納。

「今天在公司發生大事。」

他重提剛才趁我下廚時打電話給母親說的事。我當成第一次聽到般附和。這真是不得了耶。多虧你的救援。你很可靠，所以大家都信賴你吧。我注意絕對不在嘴裡有食物的時候說話。

「咦？」

他突然停止用餐。將筷子工整放回筷架，將手伸向我的手，牽起我的左手，觸摸食指。

「這裡，怎麼了？」

「啊，這個啊。菜刀割到的。消毒過了，傷也不深，所以應該沒事。」

我表示沒什麼大不了的，將手縮回去，雙手舉到面前擺動。

「這樣啊，那就好。」

他眉角下垂注視我。

「沒事的。」

我誇張露出笑容，食用煎餃。確實吞下肚之後，對他說「用伯母的做法果然好吃」。

「手指都受傷了還幫我做啊。」

他再度牽起我的手，以雙手包覆。

用完餐之後，我回到自己家。洗完澡，泡脹的ＯＫ繃開始剝落，取下一看，傷口的皮已經淺淺癒合。

「也就是我還年輕吧。」

我仔細貼上新的ＯＫ繃之後就寢。

隔天早晨，響個不停的手機來電鈴聲使我清醒。時間是六點出頭。平常都可以再睡一個小時，是誰這麼一大早打電話？如此心想的我看向手機，是他母親打來的。我連忙接電話。明明看不見，我卻以手梳理凌亂的頭髮，拚命隱藏自己睡到剛才的事實，然後開口應答。

「喂，由里小姐嗎？」

「早……早安。」

剛醒的喉嚨又乾又卡，沒能好好發出聲音。

「我說啊，妳讓高之吃了什麼東西？」

電話另一頭的惡毒聲音令我困惑。

「那個，您的意思是……」

「剛才高之打電話來，那孩子反胃到不能動。」

「咦，他還好嗎？」

他比別人加倍提防感冒或病毒，我和他交往至今沒看過他身體不舒服。

「問這什麼問題，是因為妳給他吃了怪東西吧？他說是妳做的東西害他吃壞肚子。」

啊？我腦海冒出問號。我給他吃了怪東西？這是怎麼回事？

「您說我做的東西害他吃壞肚子？請問是怎麼回事？」

「這是我想問的！」

震耳欲聾的怒罵聲，連手機的揚聲器都撐不住，嚴重爆音。

「不……不好意思。只是，那個，說到昨天吃的東西，是煎餃，我有確實煎熟，而且吃一樣東西的我完全沒事……」

說到這裡，電話那頭又響起刺耳的聲音。

「高之和妳不一樣，他很敏感，有時候就算妳沒事，他也會出事。」

我不知道該怎麼辦，只能道歉，就這麼不確定原因單方面被罵，手機開始發燙。我暫且告知自己必須上班，下班會去他住處看看，卻被斷然拒絕。

「是妳害他病倒，要是妳又做什麼東西害他吃了惡化，妳要怎麼負責？今天我來照顧，請妳不要過來。」

電話單方面被掛斷。我只能愣在床上。

「還好嗎？」我傳這個訊息給他之後就趕往公司。剛才恍神太久，出門時間比平常晚了十分鐘。早餐沒得吃了。

到午休時間之前，我不知道檢視手機多少次，卻沒收到回應。伯母說會去看他，但我還是很擔心，不知道是哪裡出了問題。

我從通話紀錄點選他的號碼，鈴聲響再多次都沒人接。希望他是在靜養。

我將手機收回套裝的口袋，回到自己座位。今天我所負責的化妝品公司新產品廣告要開會簡報，我卻完全無法專心工作，就這麼過了一天。

回到家也沒收到他的聯絡。晚上過九點的時候，我心想伯母應該已經回去，準備要再打一次電話的時候，他來電了。我接住差點失手掉落的手機，連忙接電話。「喂？」電話另一頭傳來他壓低的聲音。

「今天還好嗎？」

問完之後，響起滋滋的電子雜音。

「喂？有聽到嗎？」

「有聽到。」

「那就好。你還好嗎？」

「……是妳害的。」

「咦？是我害的嗎？」

「因為妳昨天用骯髒的手做煎餃，才會變成這樣。」

骯髒？什麼意思？我一如往常好好洗手，用消毒液殺菌才下廚。食材也是，肉買新鮮的，蔬菜以專用清潔劑洗乾淨，包餃子使用的水也是礦泉水。我肯定沒有疏失。

「我有確實弄乾淨啊？」

「哪裡乾淨？妳不是以受傷貼ＯＫ繃的手下廚嗎？當時覺得妳都受傷了還為我做飯，我就試著忍耐一下，不過我光想就全身發毛。髒死了。妳是用受傷的手不斷揉絞肉、包餃子再下鍋煎吧？用受傷貼ＯＫ繃的手摸過食材做出來的料理，妳竟敢端給我吃？」

他說我害他反胃到現在。昨天明明關心我受傷……不，我錯了。原來那不是在關心我，是關心他自己的身體。他牽起我的手，是要確認ＯＫ繃的狀態吧。

「對不起。我沒有惡意。」

「居然說沒惡意，妳以為這樣就能被原諒嗎？」

「不，可是……」

「可是什麼？錯的是妳吧？妳以為我昨天跟今天是以什麼心情過的？」

「用貼著ＯＫ繃的手下廚是我的錯。我應該戴塑膠手套才對，對不起我沒顧慮到這一點，我不會再犯了。」

我隔著電話聽到長長的嘆息聲。

「夠了。我和媽媽談過，媽媽也說她不敢相信居然有人用貼著ＯＫ繃的手做煎餃，她說從這裡就清楚知道妳教養多差。真的是這樣沒錯。因為只要我沒說，妳甚至連手都不消毒。還以為妳和我交往之後改善很多，但妳果然學不會。

不只是這次，我至今都睜隻眼閉隻眼，但我真的受夠了。第一次去妳家的時候我也全身發毛。像是廁所居然裝了馬桶套，那東西妳也沒有每天換洗吧？不知道裡面藏了多少細菌嗎？髒死了。洗臉臺有掉頭髮，地板也有灰塵跟毛髮，我光是踩地板都不舒服。不過，我覺得妳的內在不錯，才忍下來讓妳來我家，想說終於改善了卻搞出這種事？媽媽那麼說果然沒錯。」

他單方面一直說，我甚至懶得反駁。

「伯母怎麼說？」

「媽媽說她在妳第一次來家裡的時候就在想，妳的鞋尖跟腳踝都髒髒的。她說身體再怎麼乾淨，腳不乾淨就是骯髒。其實媽媽也反對我們交往，說我配得上更好的對象。」

電話另一頭傳來聲音。向他說話的女性聲音，肯定是他母親的聲音。

「我出自本能喜歡妳，所以一直忍耐到現在，不過只要冷靜下來理性思考就知道了。媽媽說得沒錯，我不應該和妳這種骯髒不乾淨的女人交往。我們到此為止吧。」

傳來「說得好！」的尖銳聲音。我腦中浮現電話另一頭的女性身影。平常就和他頻繁接觸到不必要程度的母親。

「到此為止是指……」

「連到此為止的意思都不懂嗎？我和妳結束了。想到今後也可能吃到骯髒的飯菜，和妳繼續交往的風險太高。我已經忍耐很多次，但我不行了。就在今天結束吧。再也不要聯絡我，也不要來我家。妳留在這裡的東西，媽媽說不知道已經沾到什麼髒東西，所以會幫我處理掉。就這樣了。」

他說完單方面掛掉電話。粗暴的斷訊聲成為他完全拒絕我的聲音，一直殘留在我耳中。

後來我即使傳簡訊給他也不回，打電話給他也不接。即使去他家，他也不肯見我。

這樣的日子持續下去，我像是要忘記這份無從宣洩的情緒般投入工作，被說骯髒的我為了讓自己乾淨，養成被周圍形容為神經質的嚴重潔癖。只不過，我不是認為別人摸過的東西骯髒，而是滿腦子認為自己摸過的東西骯髒，在自己摸過的東西要給別人摸之前都會弄乾淨。連同骯髒、汙穢、不乾淨……這些曾被說過的話語一起擦掉。

我只對美智子說是他單方面和我分手。沒說ＯＫ繃與煎餃的事情。

即使想忘記，他的存在也無法從我內心消失。之所以讓住處保持清潔，把自己弄得乾乾淨淨，是覺得這麼做可以和他保有一絲聯繫。

不過，我為什麼執著到這種程度？那個男的明明嚴重侮辱我，對母親唯命是從。只因為我想結婚嗎……我確實想要早點穩定下來，讓父母與自己安心，卻因而摔進無法從任何地方爬出來的深坑。

放在陽臺角落的空罐插著菸蒂，我再度塞進一根菸。

明明知道頭髮沾到菸味必須趕快洗，從陽臺回到室內的我卻蜷縮在沙發上。

隔天早上在沙發醒來的我背脊發涼。我沒洗澡也沒換睡衣就睡著了，頭髮隱約冒出牛奶糖般的甜甜菸味。沒將身體弄乾淨就睡著使我恐懼，我連忙進浴室，清洗身體好幾次，剛才睡的沙發也以溼紙巾擦乾淨。

我拚命消除自己昨天留在屋內洋溢到現在的骯髒感。擦過之後除菌，擦過之後除菌。一直重複這樣的程序。

不經意冷靜下來的時候，我發現已經超過八點。慘了，出門時間晚了三十分鐘。我粗魯收拾打掃工具，換上套裝衝出家門。

包包裡的東西就這麼和昨天一樣亂七八糟。身上的襯衫也沒重新燙平，感覺不自在。頭髮也只有簡單梳過，整體往右翹，我不知道以手指梳理多少次卻於事無補。

到最後，我大約遲到十五分鐘進公司。我立刻走到上司的辦公桌前面，就這麼以剛跑過來的淒慘模樣，為自己的遲到道歉。低頭看見的高跟鞋前端數度摩擦到髒東西變黑。

我蹣跚坐在自己的座位，以溼面紙將整齊的桌面擦乾淨，心情稍微放鬆。

正要以髮圈綁住蓬亂毛燥的頭髮掩飾時，坐在對面座位的木下對我說話。他是目前和我在相同團隊做企劃的後輩。

「睡過頭嗎？」

「算是吧。」

我抱著愧疚心態回應之後，木下開心般笑了。

「原來妳會睡過頭啊，真意外。因為妳平常都一絲不苟。」

「一絲不苟？」

「想說原來妳也會出狀況，我就放心了。」

「出什麼狀況？」

「啊？我想想，妳平常總是一板一眼，感覺像是生化人，但妳今天頭髮一團亂，襯衫與外套的顏色也不搭，就是這個部分吧。妳今天充滿人味喔。」

「這樣啊。」

我稍微低頭，束起頭髮。以髮圈綁緊之後，感覺自己消沉的心情稍微振奮起來了。

木下長得高，站在他旁邊會懾於他的高度，不過和他講話就知道他這個男人個性溫和，應該說像是親人的黃金獵犬。面對任何人都能搖著尾巴巧妙溝通。

不過，他的桌面狀態和我完全相反。文件堆積如山，顏色與形狀都不統一的資料夾占據桌面。

不必整理乾淨也沒關係嗎？我以前肯定也完全沒潔癖，我的價值觀不曉得在哪裡扭曲了。

「木下，如果有人貼了ＯＫ繃，你會怎麼想？」

我從因為奔跑而更亂的包包裡取出邊角摺到的資料夾，同時這麼問他。突然聽到這個問題的他愣了一下，迅速眨了眨眼。

「哪能怎麼想，正常來說都會覺得這個人受傷了吧？」

正常來說嗎……我怎麼問這種理所當然的問題？我回應「說得也是」，重新整理亂到不行的包包。

三張A4文件夾，一本厚厚的資料夾。筆盒。補妝用的小巧化妝包。裝護唇膏的小包包與棉花棒。隨身瓶的潔手凝露。菸盒。三條手帕。但手帕是昨天的，所以不能用了。乾溼面紙都還有，今天就用面紙撐過去吧。最壞的狀況就是到超商買手帕。筆電不必確認也肯定在裡面，錢包、記事本與住家鑰匙也在。

我將這些物品整齊擺在桌上，只留下必要的東西，其他的都好好收進包包。將物品歸位就像是拼圖拼到正確的位置，感覺好舒暢。

不經意看向桌上的小鏡子。雖然頭髮綁起來了，但因為沒吹頭髮就出門，瀏海彎曲成S形。

我感到丟臉而嘆氣。籠罩在前男友的陰影底下而發火，還連累到隔天，真的很丟臉。好想現在摀住耳朵閉上眼睛。想發牢騷的衝動使得嘴巴空得發慌。雖然腦海浮現「菸」這個字，但是遲到的我立刻跑去吸菸區應該不太好。我在整理完畢的桌面打開筆電，閉緊眼皮一次之後確認今天的工作表。

公司內部的鐘聲響起。我察覺手指正捏著下脣。今天實在無法專心工作，受託要在本週完成的企劃案不斷想了又刪，整個上午都在做這件事。請後輩泡的咖啡喝不到半杯就這麼涼透，明明中午了卻不餓。

前男友說過的話以及和他共度的場面掠過腦海一角。明明封存至今，為何這麼輕易就溢出？簡直是剛開始交往的女人吧？我察覺自己再度潛意識捏著下脣。眼角瞥見的自己臉蛋沒上妝，眼睛與鼻子都不立體，卻只有突出的嘴脣強調存在感，就像是《天才妙老爹》的鰻魚狗。

前男友高之工作的公司，有一段時間是我負責的客戶。在某個專案的小小慶功宴上，我對他感到同情。他率先盛裝料理給每個人，注意到大家只有一雙筷子之後，每道菜上桌都請店員準備分裝用的公筷。桌面一溼就立刻擦掉的樣子，我在先前開會的時候也看過好幾次，覺得這個人的家肯定很整潔。

「這傢伙潔癖超嚴重的。」

臉頰紅通通的上司單手拿著啤酒杯，搭著他的肩膀搖晃他。「沒有那麼嚴重啦。」他一邊笑著這麼說一邊俐落閃躲，避免上司沾滿汗水的上衣貼過來。

他的潔癖肯定被當成餐會笑料慘遭嘲笑吧。看他瞇細的雙眼深處沒在笑，我備感同情。

「剛才說的潔癖，是會在遙控器包保鮮膜的那種人嗎？」

我的後輩女生以深感興趣的語氣詢問。

「有個演員之前在電視聊到這件事，我雖然超喜歡他，卻傻眼覺得這終究太離譜了。」

「我不知道遙控器怎麼樣，不過這傢伙用電腦之前一定會將鍵盤消毒擦乾淨。明明只有自己在用。」

酒酣耳熱的人們哈哈大笑。我吃著早就分裝到我盤裡的沙拉，蔬菜軟掉了，裡面的堅果發出清脆的聲音咬碎。

後來大家也半打趣地接連說出他神經質的一面。在公司使用的馬克杯不讓別人碰，總是自己泡咖啡，自己洗杯子。動不動就洗手。摸過門把或是按過電梯按鍵都會拿殺菌面紙擦手，諸如此類。旁人聽完都笑著說難以置信，我則是不發一語。

他依然掛著親切的笑容，以「感冒的話很麻煩」，「這是從小的習慣」這種不痛不癢的藉口帶過。

這種事不重要吧？他或許真的有潔癖，但是在工作上沒造成我任何問題。如果製作完成的文件被他以「別人摸過」為理由拒絕接收就麻煩了，卻沒發生過這種事，他細心又貼心，以共事夥伴來說給我相當好的印象。

希望這場餐會趕快結束的我，將檸檬沙瓦一飲而盡，正要拿毛巾擦拭被玻璃杯底部水珠弄溼的桌面時，和他視線相對。他手上正好也拿著毛巾，簡直像是正要和我做相同的事。

「啊，不好意思。」

我不由得道歉，他也稍微低頭回應「不好意思」。

「你們看，就是現在這樣。」

再度哄堂大笑。我假裝沒聽到，擦掉桌上的水珠。

他當時難為情的模樣，我在聚餐之後也經常回想起來。短髮側邊的耳朵稍微泛紅，我覺得像是小猴子一樣可愛。

他在害羞或生氣的時候，耳朵都會變紅。

後來我開始收到他寄的電子郵件，會和他一起去吃飯。曾經在時尚的義大利餐廳享用套餐。仔細想想，如果是一盤盤上桌的單人料理，餐盤就不會被別人亂來。看到他所有餐具都拿紙巾擦過一次才使用，我覺得他或許真的有潔癖。

「由里小姐？」聽到木下叫我的名字，我被拉回現實。捏到現在的下唇隱隱做痛。

「妳今天沒帶便當嗎？」

「我忘了。」

我回答之後，瞥向桌上的鏡子確認。下脣莫名肥厚。

「木下，你看見了？」

「看見了。妳一直捏著下脣，我還想說發生了什麼事。」

我嘆了好長一口氣，想要整個趴倒在桌面，卻被依然開著的筆電阻止。連辦公桌都拒絕我嗎？

我咬脣想當成一切都沒發生過，但是隱隱傳來的痛楚還沒消失，心情再度消沉。

「今天我不順。」

「難免有這種日子喔。」

「你看起來對不順的日子有抗性。」

「這是偏見喔。我在不順的日子，也不會讓工作變得不順。」

他從對面座位露出討人厭的笑容看我。悶悶不樂的感覺剝奪我全身的力氣。

「我無話可說。明顯沒有抗性。」

我就這麼坐在椅子上脫力。沒化妝的臉蛋，蓬亂的頭髮，連穿兩天發皺的套裝，和外套配色不搭的襯衫。光是注意到自己的打扮，平常投注在工作的滿滿活力就逐漸流失，對自己的厭惡感也有增無減。

「要和我一起去吃午飯嗎？我在不順這方面是過來人，可以傳授切換心情的祕訣給妳喔。」

「這就容我婉拒吧。」

午休的辦公室幾乎沒留下任何人。我們公司沒有員工餐廳，大家都是外出吃飯。習慣帶便當的我，喜歡這時候空蕩蕩的辦公室。沒跑外務的日子總是吃自己做的便當，抽根菸之後進行下午的工作。何況一起用餐的對象必須是相當知心的好友，否則只會多費心思搞累自己。比方說，如果對方想吃一口自己的餐點……我光想就煩。

「我難得以自認溫柔的方式開導妳耶。偶爾得放鬆一下，否則會發生出乎意料的失誤喔。我沒差就是了。」

木下說完轉身露出亮面西裝的背，拿起錢包走出辦公室。

我稍微休息之後，喝一口放涼的咖啡。變酸的咖啡好難喝。往杯裡一看，水面浮著小小的灰塵，我心想下次要拿附杯蓋的馬克杯或保溫杯過來。

話說回來，今天都沒照自己的計畫走。現在不餓，不過幾小時後應該會餓。想像那個時候的自己，就覺得無論如何都得吃點東西。

公司附近有一座大公園。在今天這種日子，坐在草地吃便當應該很舒服吧。有太陽味道的草地，坐下感受得到些許溫暖，而且軟軟的。打開便當一看，裡面的小番茄或煎蛋，在草地的襯托之下應該很亮眼吧。此時吹起一陣微風，灰塵與沙土隨風飛舞。嗯？那可不行。即使天氣再好，還是在公司裡吃飯最令我安心。

我硬是驅動沉重的身體與腦袋，勉強起身。放棄抵抗，去附近的咖啡廳吧。

響起喀啦啦的明顯聲音。環視周圍，得知是自己拉開椅子時的滾輪聲。

白天的辦公室沒什麼人。窗戶射入的陽光被百葉窗遮住四散，成為好幾條直線的陽光，看起來像是從雲層之間露出的天使梯子。

埋沒在文件山或紙箱裡的許多辦公桌之中，我的辦公桌整理得比任何人都乾淨，看起來像是沒人使用。我不禁心想自己身在何處。

我決定不去咖啡廳。拿起手機、錢包以及進公司之後一直想抽的菸，前往吸菸區。我一邊走，一邊傳簡訊給木下。午休時間還有三十分鐘左右。

重新綁緊頭髮，輕輕搖動菸盒，將搖出盒子的一根菸含在嘴裡。像是隨時會斷氣的百圓打火機差不多該換了。即使如此心想，我還是就這麼繼續用。

和前男友開始交往之後戒掉的菸，在分手之後再度變得離不開手。原本配合他將自己維持得乾乾淨淨，如今也沒必要了。肺裡充滿不健康的煙，使我感覺到自己的汙穢，不知為何變成自己活在世間的實感。

我吐出煙，以鼻腔享受這種感覺。牛奶糖的甜甜香氣與菸味混合，腦袋一陣昏沉。吐煙的悖德感和吸菸不同，煙裊裊上升，身體反而緩緩下沉。

只能將自己逼入絕境才能肯定自己，這種做法令我生厭。乾淨的自己。骯髒的自己。我不知道哪一種才是真正的自己。養成的習慣與思考無法輕易消除，要是將其當成現在的自己而接納，不曉得是否能對自己寬容一點。

抽完一根菸的時候，有人輕敲吸菸區的玻璃。

「由里小姐，這個。」

明明隔著玻璃也肯定聽得到聲音，木下卻故意只動嘴唇不出聲，這傢伙調皮得不會令我討厭。惹人疼愛的後輩。若能像這樣活在世間應該很自在吧。

我想起茶樹油的芳香劑忘在家裡，就這麼帶著香菸的甜甜餘香走出吸菸區。想說聊勝於無而試著輕拍套裝，卻只拍出陣陣菸味。

「謝謝。」

「明明超愛乾淨卻抽菸，真是不可思議。」

木下動著鼻頭，像是在確認菸味。

「有味道，別這樣。」

我推開他靠近過來的身體，一把搶過塑膠袋。裡面是兩個超商飯糰。

「妳傳訊息說要兩個飯糰，總之我就買來了。」

從袋子取出的飯糰，是培根蛋與牛五花口味。

「欸，這是什麼？」

「飯糰啊。」

「木下，一般提到飯糰都是酸梅、鮭魚或昆布吧？這什麼男高中生在吃的口味？」

這變化球太刁鑽，我忍不住笑了。

「你居然找得到培根蛋口味。」

「這個意外好吃喔。」

「……謝謝。給你五百圓夠吧？」

我從錢包取出五百圓硬幣要給木下，他說「不必了」沒收下。

「只要妳下午開始認真工作就好。」

他大概自以為講得很帥吧，不過說出這句話的嘴角沾著番茄醬。

「知道了，你先把嘴上的番茄醬擦乾淨再回辦公室喔。」

我忍著笑意走在他前面。

告知午休結束的鐘聲響起，人們回到辦公室。下午洋溢著懶散的空氣，我單手拿著飯糰打電腦。咬一口飯糰，海苔發出清脆的聲音飄下碎片。拿飯糰的手留下超商飯糰特有的人工氣味，我直接以這樣的手打字。薄薄沾在指尖的澱粉弄髒鍵盤。

我試著觸犯自己絕對不會做的禁忌。原本以為做不到，但嘗試之後愈來愈痛快。

我咬出清脆的聲音吃飯糰。培根蛋的味道像是肉、蛋與白飯互毆，毫無和諧可言。即使如此，還是化為能量協助大腦運作。將最後一塊送進口中之後，我仔細將指尖舔乾淨。每根手指舔起來都是海苔加香菸的綜合滋味。

「發明培根蛋飯糰的人應該反省。」

我在便條紙撇下這句話揉成一團，扔到對面座位。不過軌道偏移，撞到木下辦公桌堆積的文件山之後落下。

我以溼面紙仔細擦手，塗抹潔手凝露。留在辦公桌與鍵盤上的用餐痕跡清理乾淨之後，我站起來繞到木下的座位後方對他說話。

「木下，你這凌亂的桌面不整理嗎？」

他將椅子轉過來，面向扠腰站立的我。「這沒造成我的困擾喔。」他說。

「你或許不在意，但如果重要的資料不見，你這樣可能找不到吧？」

「放心，放在哪裡我都知道。」

「那麼後天跟客戶開會要用的資料，還有上次會議紀錄的副本呢？」

「啊啊，限流器的那個吧？」

他再度轉動椅子面向辦公桌，從堆得和阿爾卑斯山脈一樣高的文件山輕易取出資料。

「會議紀錄的副本都在這裡。」他說完打開辦公桌最下層的抽屜，讓我看資料夾。

大致瀏覽他給的資料，確實是後天設計會議要用的文件。

「看，我有好好管理喔。」

木下對我笑嘻嘻的。明明只差三歲，真羨慕他能一直維持這種靈活度。像是狗一樣搖尾巴，得到上司與客戶的喜愛。

人們說我行事正經，一絲不苟，不過大家喜歡的應該是他這種人吧。

「我覺得像是由里小姐這樣規矩管理比較好，但我是用這種方式掌握的。」

「你管得好就沒差。」

「啊，不過由里小姐，我剛進公司那時候，妳的桌面沒那麼乾淨吧？應該說比較像我的桌面。」

木下是在三年前轉職進這間公司。我和高之開始交往之前。那時候的我確實不像現在這樣愛乾淨。

「我也有過那種時候。」

「要怎麼做才能這麼乾淨，請教教我吧。」

這句話令我瞬間畏縮，但我低頭朝眉心使力以免他發現。不知為何，腦中浮現那個女生貼ＯＫ繃的腳踝。快樂的腳步。感覺我也曾經那樣可愛。

我接不了話，抬頭一看，視線對上木下烏溜溜的雙眼。

「由里小姐，今天下班之後有空嗎？」

突然的邀約使我為難。「我有個珍藏的好去處喔。」木下故意壓低音量說。

珍藏。我在嘴裡複誦這兩個字。

「打起精神吧。打起精神之後，請教我整理收拾的訣竅。」

我盡可能假裝和平常一樣，對他說「我考慮看看」，將剛才掉落的便條紙放在木下桌上，回到自己的座位。

整點的鐘聲響起，告知下班時間到。社員們匆忙打卡離開公司。今年起原則上不能加班，不過至今的工作量不可能這麼輕易處理乾淨，做不完的業務變成要在公司外面做，所以眾人都隨著鐘聲走出辦公室。時間是下午六點。

「木下，你今天要留多久？」

「今天進度滿順的，只要確認明天開會的資料，回個電子郵件就好。」

「那麼……」

我說到這裡，他說「一起去放鬆一下吧」，嫌煩般放鬆領帶。

兩人一起打卡，離開公司。

和後輩並肩走在微暗的路上，感覺好奇妙。

「你白天不是說過，在不順的日子有個方法切換心情嗎？這種日子你會去什麼樣的店？」

不知道多久沒和同事像這樣在工作以外的時間一起行走。輕盈吹來的風帶著銀杏被踩爛的味道，臭到有點好笑。那個人應該會嫌髒，不肯走在秋天的銀杏步道吧。這麼想的我停下腳步。

木下繼續前進，感覺不在乎銀杏樹下的果實。

「我有個珍藏的好去處，去那裡吧。吃不到什麼像樣的東西也沒關係嗎？」

不遠處的前方傳來這句話。我大聲回應沒問題，卻覺得無法繼續跟著他走，心想鞋子髒掉就糟了。

木下察覺我沒跟上，轉頭看我。這段距離大概十公尺吧。我們像是在大河的兩岸對看。

「由里小姐，怎麼了？」

「有點……」

木下以我行我素的步調，踐踏銀杏地毯回到我這裡。我的視線直盯著他的腳邊。踩爛迸開的銀杏每次沾上他的腳就令我緊張。

「忘了什麼東西嗎？」

我搖頭否認，但是話語卡在喉頭，無法好好說出口。「這個……」我指著地面說。

「這個，要踩嗎？」

木下循著我的指尖看向地面。即使天色陰暗，銀杏的黃色也強烈吸引目光。

「銀杏嗎？畢竟踩到會很臭耶。」

我點點頭。

「妳小時候沒大喊『銀杏炸彈耶～～』玩遊戲嗎？穿上新球鞋，不踩銀杏就穿越銀杏步道的遊戲。」

「沒玩過。」

「和那個遊戲一樣，這樣前進就好喔。喲！」

木下吆喝一聲踮起腳尖，蹦蹦跳跳穿梭在踩爛的銀杏之間。簡直是小學生。

「這樣鞋子就不會髒了。」

木下就這麼俐落前進。我能夠通過短短十幾公尺的這條銀杏步道嗎？

右腳戰戰兢兢踩在一丁點的縫隙，將左腳收過來。就像是抱著包包站在刀山上，令我感到不安。

如果是那個ＯＫ繃女生，大概會像是吉卜力電影的女主角那樣擺動裙襬通過這裡吧。我再度鼓起勇氣，像是彈跳般鑽過銀杏的縫隙。

已經抵達銀杏步道終點的木下說著「就是這樣」向我揮手。聽起來像是在運動會的接力賽聽到加油打氣的聲音那樣，害臊的感覺湧上心頭。比起避免踩到銀杏，我更想盡快擺脫這份害臊而加速。

覺得終於抵達終點的這時候，我氣喘吁吁。

「由里小姐明明穿高跟鞋，腳下功夫卻很了得耶。」

「謝謝。」

我一邊調整呼吸，一邊轉身向後看，那裡是一條平凡無奇的銀杏步道。

「所以，要去哪裡？」

我們在中途的超商買了大罐啤酒，也隨便買點下酒菜與熱食。

來到的是距離公司五分鐘路程的那座大公園。

夜晚的公園靜悄悄的，只有踩踏草皮的聲音與微風搖晃樹梢的聲音。白天應該看得見野餐的人群或家族，還有打羽毛球或躲避球的人們吧。

木下一直往深處走，坐在一棵大樹旁邊的草地。多虧零星的路燈維持恰到好處的亮度。來到樹下就知道這裡是平緩的斜坡，看得見下方的水池。

「這個時期如果太陽露臉，陽光很舒服喔。白天的時候，這座公園旁邊有間店的咖啡跟三明治很好吃，我會買來這裡吃，當成自己現在人在紐約。算是一場小旅行對吧?心情上的小旅行。現在是晚上，所以用啤酒營造一點成熟感。」

「你去過紐約?」

「沒有。不過重點是氣氛喔，氣氛。我喜歡《小鬼當家2》。最後有一個場景是把聖誕的斑鳩裝飾送給鴿子阿姨，妳知道嗎?」

「好像聽過……」

「改天有機會請記得看看喔。那是聖誕節的故事，所以要看的話建議在聖誕時期看。我從小就喜歡那個場面，看到這座公園的時候，我覺得很像中央公園。雖然沒有大樹，但如果只是想像，應該是個人的自由吧？」

「是啊。」

「所以，今晚在這裡喝吧。風很舒服，可以為身心充電喔。」

已經坐在草地的木下拍著地面要求我坐下。不過，直接坐在草地上飲食不是很髒嗎？明明不知道什麼東西會順風飛過來……

「妳現在是不是覺得這樣很髒？」

「有一點。」

「妳潔癖到底多嚴重啊？」

「不是那樣！」

脫口而出的強硬話語嚇了我一跳。我連忙補充說「你誤會了」，從包包取出昨天的手帕鋪在草地，坐在手帕上，然後道歉。

「我沒潔癖。這件事，那個，我之前就想說了。」

木下若無其事喝著啤酒。我也打開罐裝啤酒，稍微做個乾杯的樣子示意。

「木下，如果有女生在腳踝貼ＯＫ繃來約會，你會怎麼想？」

「啊？」

「我說，如果有女生在腳踝貼ＯＫ繃來約會，你會怎麼想？」

木下反覆眨眼，試探我這麼問的真意。

「這個問題，我早上也聽過，所以是由里小姐曾經這樣嗎？」

「不是。我之前看到這樣的女生，好奇男人會有什麼感想。」

「這個嘛……」他說到這裡喝口啤酒，享受過喉的快感。「以我來說……」

「嗯。」

「如果是女友，我會覺得可愛。」

「就當成是女友吧，如果後來氣氛醞釀得很好，就算女生腳上貼著ＯＫ繃，你也不會冷感嗎？」

木下噗哧一笑。

「由里小姐，妳已經醉了？妳酒量這麼差？」

「我沒醉。我很正經在問你。」

「哎呀～～很難說耶。不過這樣不是很可愛嗎？可以的話別貼普通ＯＫ繃，如果是角色造型的ＯＫ繃就更高分了。」

「為什麼？不覺得髒嗎？」

「那是用來保護傷口的東西，所以沒辦法吧？就連鞋子磨破的傷口，我也覺得很可愛喔。」

原來如此，是這麼一回事嗎？我低頭小口喝啤酒，伸手拿剛才買的那包柿種米果。雖然連手都沒擦，不過反正晚點木下就會毫不在意空手拿來吃，所以我覺得應該沒差。

「由里小姐，妳曾經因為受傷或骯髒留下心理創傷嗎？」

「心理創傷是吧……」

「像是髒汙之類的，妳不是都特別在意嗎？」

我以指甲彈著啤酒罐的拉環，猶豫是否該說出來。這種事可以透露給公司同事嗎？可是……

「我直到不久之前交往的對象有潔癖。」

「喔……」

木下揚起嘴角，上半身前傾。

「我原本懶散又隨便，卻被他吸引。覺得自己已經年過三十歲，要結婚的話就是他了，所以拚命改變自己配合他。」

我問他為什麼和我交往的時候，他是這麼說的。

「因為在慶功宴上，妳沒有把我當笑話看。」

我並不是沒把他當笑話看。我根本沒放在心上。但我以為這個人是喜歡上這樣的我，所以我拚命成為他心目中理想的我。

工作、收入、外表都無從挑剔。老實說，我是被他的頭銜吸引而跟他走的。不過，我很高興有人樂見我表現得好，每次得到他的認同，我就更深陷於他。

我因而改變。成為他期望的乾淨女性，打造讓他舒適的環境，藉以得到他的接納，從中獲得快感。

剛開始交往的時候，我對美智子說我們接吻之前都要刷牙，她對此表示難以置信，不過舌頭以乾淨的狀態交纏時，那股薄荷味莫名令腰部發麻，覺得這個人是嚴重潔癖的變態而興奮。

「不過，某次我用受傷的手下廚，他說難以置信，就甩掉我了。」

「受什麼傷？」

「菜刀稍微割傷手指。我貼上ＯＫ繃之後，就這麼繼續做煎餃。結果他隔天嚴重反胃，鬧得天翻地覆，他母親也打電話過來，就這麼臭罵我一頓之後謝謝再聯絡。」

「這是怎樣?」

「真的，只覺得這是怎樣。不過打擊比我想像得大。明明已經不需要保持乾淨，卻已經養成習慣改不掉。」

保持乾淨不是壞事，但我把自己綁得太死。就像是明明門開著卻依然待在籠子裡的傻動物。

「原來由里小姐愛乾淨的習慣來自這個原因。」

木下低聲說著，在草地躺平。

「啊，今天月亮很美喔。」

往木下所指的方向看去，弦月像是黏著樹葉般高掛夜空。

「真的耶。」

「我覺得啊，會眷戀是在所難免。因為啊，喜歡那個人的妳，就這麼造就了現在的妳自己。這份心意是真的吧?那就不應該強迫自己忘記，請妳試著喜歡這樣的自己吧。」

「喜歡那個人的我……」

「喜歡那個人的時間愈長，那個人就愈容易融入妳自己的身體喔。包括喜歡的事物、討厭的事物。我覺得像這樣累積下來的點點滴滴，就是我們活在世間的證明。」

我一直想辦法沖刷掉昔日和他共度的時光，然而養成習慣的生活形式難以改變，因而厭惡這樣的自己。昨天的煎餃與ＯＫ繃也撼動我的心，我不希望自己這樣，覺得要是忘記這種事會舒坦得多。但我面前的木下說我錯了。

我們是以累積下來的點點滴滴造就的。

「木下，你有沒有討厭什麼東西？」

「呃～～有什麼呢？總之很多種喔。」

他含糊帶過，我們就這麼眺望月亮好一陣子。月亮慢慢移動到樹梢後方。即使以為永遠在那裡，只要仔細看就發現正在行進。夜幕低垂，朝陽升起，然後夜幕再度低垂。

「由里小姐也請躺下來看看吧。草地很舒服喔。」

我試著觸摸晚風吹涼的草皮，明明刺手卻柔軟無梗。不久之前的我應該不會躺吧，但如果是現在的我……

「偶爾這樣也不錯。」

我下定決心躺下來，發現草地和我想的一樣柔軟，帶點水氣，吸氣聞得到近在咫尺的泥土氣味。這股味道使我身體瞬間差點僵住，但是我閉上雙眼，讓剛才欣賞的月亮浮現在眼簾。陰晴圓缺，不斷更迭。規律卻逐漸變化的樣子鬆緩我的心。感覺貼著ＯＫ繃的那個女生正在缺損的月亮上可愛奔跑。

「謝謝你聽我說。」

「別客氣。因為妳會好好教我怎麼整理辦公桌啊。」

「我可以嚴格一點嗎？」

「求之不得。」

聊到這裡，我們視線相對。居然和同事躺在夜晚公園的草地上，我覺得過於反常的這個狀況很有趣，從腹部發出聲音笑了。木下不知道我在笑什麼，一臉驚訝。

「為什麼在笑？我講了奇怪的事情嗎？」

「祕密。」

他心懷不滿般皺眉看向這裡想問個究竟的樣子也很有趣。

我笑夠並且調整好呼吸之後，木下提議改天大家一起辦煎餃派對。

「煎餃派對？」

「去誰家都可以，去店裡吃煎餃也可以，用煎餃打造快樂的回憶吧。妳知道嗎？部長其實廚藝超好喔。家裡有商用冰箱，週末都親自下廚。」

「你為什麼知道這種事？」

「因為我去過部長家啊？」

這個人若無其事就語出驚人。我真羨慕他能融入各種環境的這種靈活度。

「好嗎？就這麼辦吧。我去跟部長說喔，畢竟我愛吃煎餃。」

我回應「交給你了」，閉上雙眼深吸一口氣。草的氣味，土的氣味。相隔好久再度相會了。我不覺得討厭。

喜歡他的時間愈長，喜歡他的這具身體就陪我愈久。

不再喜歡他的時間變長之後，我肯定會在這具身體疊上新的喜歡或討厭，繼續在人生的道路前進。

〈首度公開〉

手製便當——全新撰寫

果醬——《小說 SUBARU》二〇一九年二月號

伊藤妹——全新撰寫

完熟——全新撰寫

Real-time intention ——《小說 SUBARU》二〇一九年四月號

擦了又擦，擦了又擦——《小說 SUBARU》二〇一八年十一月號

嬉文化
偽裝
（原名：カモフラージュ）

作者／松井玲奈　譯者／張鈞堯
原書封面設計／岩瀨聰　封面相片／武居功一郎
發行人／黃鎮隆　副總經理／陳君平
副理／洪琇菁　國際版權／黃令歡
執行編輯／呂尚燁　美術主編／李政儀
企劃宣傳／邱小祐
發行／英屬蓋曼群島商家庭傳媒股份有限公司城邦分公司　尖端出版
台北市中山區民生東路二段一四一號十樓
電話：（〇二）二五〇〇—七六〇〇（代表號）
傳真：（〇二）二五〇〇—一九七九
中彰投以北經銷（含宜花東）／楨彥有限公司
電話：（〇二）八九一九—三三六九
傳真：（〇二）八九一四—五五二四
雲嘉經銷／威信圖書有限公司　嘉義公司
電話：（〇五）二三三—三八五二
傳真：（〇五）二三三—三八六三
客服專線：〇八〇〇—〇二八—〇二八
南部經銷／威信圖書有限公司　高雄公司
電話：（〇七）三七三—〇〇七九
傳真：（〇七）三七三—〇〇八七
香港總經銷／城邦（香港）出版集團有限公司
香港灣仔駱克道193號東超商業中心1樓
電話：（八五二）二五〇八—六二三一
傳真：（八五二）二五七八—九三三七
E-mail：hkcite@biznetvigator.com
馬新經銷／城邦（馬新）出版集團　Cite(M)Sdn.Bhd.
E-mail：Cite@cite.com.my
法律顧問／王子文律師　元禾法律事務所
台北市羅斯福路三段三十七號十五樓
二〇二〇年六月一版一刷
二〇二〇年七月一版二刷

■中文版■

郵購注意事項：
1. 填妥劃撥單資料：帳號：50003021戶名：英屬蓋曼群島商家庭傳媒(股)公司城邦分公司。2. 通信欄內註明訂購書名與冊數。3. 劃撥金額低於500元，請加附掛號郵資50元。如劃撥日起 10～14日，仍未收到書時，請洽劃撥組。劃撥專線TEL：(03) 312-4212 ・ FAX：(03) 322-4621。E-mail：marketing@spp.com.tw

國家圖書館出版品預行編目資料

偽裝 /
松井玲奈 著 ; 張鈞堯譯 . --初版.
--臺北市：尖端出版, 2020.06
面 ; 公分. --(嬉文化)
譯自: カモフラージュ
ISBN 978-957-10-8891-4(平裝)

861.57 109003450